名 / 家 / 经 / 典 / 小 / 说 / 选

万 事 通

[英]毛姆等 著
安俊等 译

江苏凤凰文艺出版社
JIANGSU PHOENIX LITERATURE AND ART PUBLISHING, LTD

图书在版编目（CIP）

万事通 /（英）毛姆等著；安俊等译 . -- 南京：江苏凤凰文艺出版社，2018.8（2024.2重印）

（名家经典小说选）

ISBN 978-7-5594-2307-8

Ⅰ . ①万… Ⅱ . ①毛… ②安… Ⅲ . ①短篇小说—小说集—世界 Ⅳ . ① I14

中国版本图书馆 CIP 数据核字 (2018) 第 130229 号

书　　名　万事通

著　　者　（英）毛姆等
译　　者　安俊等
责任编辑　王　青
出版发行　江苏凤凰文艺出版社
出版社地址　南京市中央路 165 号，邮编：210009
出版社网址　http://www.jswenyi.com
印　　刷　三河市同力彩印有限公司
开　　本　650 × 960 毫米　1/16
印　　张　13.5
字　　数　159 千字
版　　次　2018 年 8 月第 1 版　2024 年 2 月第 4 次印刷
标准书号　ISBN 978-7-5594-2307-8
定　　价　69.80 元

目　录 | Contents

谢尔盖神父

161

[俄] 列夫·托尔斯泰

管　鲁 译

无所不知先生

[英] 毛　姆①

安　俊译

---

① 毛姆（W. Somerset Maugham），英国作家、文艺评论家。1874 年 1 月生于巴黎，分别在法、英、德等国受过教育。学过医，第一部长篇小说《兰贝斯的莉莎》（1897）就是依据医疗实践的生活经历写成，遂弃医从文。因患肺病到法国南部海滨疗养，从而接触法国文学，对莫泊桑的作品产生浓厚兴趣。小说受法国自然主义影响。三十三岁时成为伦敦最负盛名的剧作家，1908 年有四部剧作在伦敦西区的剧院里同时上演。毛姆在其写作生活回忆《总结》（*The Summing Up*）一书中强调其在文体方面追求“明晰、简洁、悦耳”。作为译者，只有尽量迻译，体现作者的风格，力有不逮之处，还望广大读者海涵。

在见到凯兰达之前，我其实就有点不喜欢他。

第一次世界大战刚刚结束，横渡太平洋的航线极其繁忙，客舱是很难预订到的。我很高兴，自己搞到一个双人舱，不过听到同伴的名字时，我就有点高兴不起来了。“凯兰达”，这名字顿时让我感觉自己像待在空气不流通的房间里，有些喘不过气来。想到要在这十四天的旅途中（我从旧金山到横滨），和这个凯兰达共处一室，我就感到浑身不自在。我讨厌他的名字，要是他叫史密斯或者布朗什么的，那倒好一点儿。

登船后，我来到客舱，发现凯兰达已经来过了。床下放着他的一只既大又难看的衣箱，还有一个贴满标签的手提箱，脸盆架上摆着他的香水，洗发精和润发油，檀木做的牙刷上镀金印着他的名字缩写。

我讨厌凯兰达。

在吸烟室里，我要了一副单人玩的纸牌，正准备开始玩的时候，一个人走了过来跟我问好打招呼。

“我是凯兰达。”他笑着说，露出一排雪白的牙齿，在我面前坐了下来。

“哦，我们好像住在同一个房间。”

“听说您是英国人，我心里很高兴呢。在海外能遇到自己的同胞，确实让人激动不已。”

“你是英国人?”

“那当然，我是一个地地道道的英国人。”说着他掏出护照递了过来。

“想喝点什么吗?”他问道。

听到这个，我有些疑惑。美利坚合众国正在施行禁酒令，船上肯定是找不到一滴酒的。但是凯兰达却狡黠地朝我笑了笑。

“威士忌，苏打还是鸡尾酒，您只要知会一声就可以了。”说着，他从后裤袋里摸出两个瓶子，放在我面前的桌子上，我一下子兴奋了起来，跟服务员要了两个玻璃杯和一些冰块。

“嗯，很好的。”我说道。

“是的，我这儿还有不少这样的酒呢，如果船上还有您的朋友的话，您可以把他们都叫过来。”对此，我没有说什么。

接下来他跟我聊起纽约、旧金山，谈到戏剧、绘画和政治。他甚是健谈，好长时间里都是他一个人在那儿滔滔不绝地高谈阔论。

我有点厌烦了，重新拿起我的牌。

“你喜欢纸牌魔术吗?”

“不喜欢。”我又开始讨厌他了。

“我来给您表演一个吧。”他抽出三张牌递给我，但我没有理会他，借口说自己要去餐厅找个座位。

“啊，太好了，我已经为我们俩订了座位，我想我们应该坐在一块儿。”

我讨厌凯兰达。

他不但和我住在同一个房间，而且一日三餐都非要和我挤在同一张桌子上吃饭。不论我到什么地方，都无法摆脱他。要是在我自己家里的话，我一定会在他面前“砰”的一声把门关上，让他明白自己是一个不受人待见的人。

凯兰达擅长交际，到船上的第三天，就几乎认识了所有的人。他什么事都干，无所不能：主持拍卖，筹集体育资金，组织高尔夫球赛，安排音乐会，举办化装舞会。我想大家一定也有点讨厌他。我们都叫他“无所不知”先生，甚至当着他的面也这样叫。他对此不仅毫不在乎，反而把这当成是大家对他的恭维。

凯兰达极为健谈，而且爱好同别人争论，尤其是在用餐吃饭的时候。我们简直难以忍受，但又没法让他停下来。他好像比谁都懂得多，似乎错误也从不会发生在自己身上。在他讲话时，倘若有人提出异议，他就会和反对者争论个没完。在成功说服你之前，他绝不会就此放弃这个话题转向其他的，不管它是多么的无足轻重。

某一天晚上，我们坐在医生的桌旁，凯兰达仍旧像以往一样滔滔不绝，高谈阔论。在座的还有在神户美国领事馆工作的拉姆齐和他的夫人。

拉姆齐是一个很结实的家伙，皮肤很是紧致，略显肥胖的小肚子把衣服都顶起来了。这次他是带着妻子重返神户的，他的妻子已独自一人在纽约待了一年。拉姆齐夫人的样子十分可爱。尽管丈夫的工资不怎么高，她自己穿得也很简朴，但她知道怎样穿着打扮使自己具有迷人之处，远超过一般女人。那是一种端庄淑静的美。

看得出来，拉姆齐很讨厌凯兰达。他们二人时不时争论一番，这种争论耗时长久，甚为激烈。

此刻，话题谈到了精明的日本人正在进行的人工养殖珍珠上。凯兰达给大家讲了许多关于珍珠的事。我相信拉姆齐对此知道的不会很多，不过他绝不会放过任何反驳凯兰达的机会。不一会儿，大家就被卷入了一场充满火药味的争吵，一开始，凯兰达还是情绪激昂，滔滔不绝，但是没过多久，他自己也有点厌烦了。最后，他显然是被拉姆齐的一句话刺痛了，敲着桌子嚷道：

“我可以告诉你，在这方面我是最有发言权的。我这次到日本就是去洽谈珍珠生意的。只要是懂这一行的人都会认为我刚才说的都是千真万确的。”他自恣得意地环视着周围的人，接着说，“我知道所有珍珠的行情，不管何种珍珠，我都能立马辨认出来。”他手指着拉姆齐夫人戴的项链，“夫人，您的这串珍珠项链就非常值钱，而且它的价格还在上涨。”

拉姆齐夫人的脸刷的一下就红了，她把那项链轻轻塞进她的衣服里。

“你说这是天然珍珠吗?”拉姆齐好像已经抓住了凯兰达的什么把柄。

“是的，这种珍珠很是精致。”凯兰达答道。

“那好。虽然那个不是我买的，但我想知道，你认为它能值多少钱?”

“在一般的市场要 1.5 万美元，但在美利坚合众国最繁华的第五大道，1.3 万美元也能买得到。”拉姆齐冷笑了起来。

“这是我夫人离开纽约前在一家百货商店里买的，仅仅花了 18 美元。”

凯兰达的脸一下子涨得通红。

“胡说八道，这珍珠不但是真货，而且是我所知道的几种中最好的一种。”

“你敢打赌吗？我要用一百美元和你打赌这是仿冒品。”拉姆齐怂恿道。

“没问题。”

“不，不，拉姆齐，你怎么能拿这个事和人打赌呢？”拉姆齐夫人劝阻道。

“有何不可以呢？如果放弃这样一个轻易能搞到钱的机会，那才是一个十足的大傻瓜呢。”

“不过你也证明不了它是仿冒品呀？”

“把它拿给我看一看，我就知道它的真假了。”凯兰达说道。

“亲爱的，那把它拿给这位先生看看吧。”

拉姆齐夫人犹豫着，她的两手紧紧地握在一起，好像还在考虑着什么。

拉姆齐早就等得不耐烦了，他走过来亲手把项链解了下来，递给了凯兰达。

我预感要有一件不幸的事发生了。

凯兰达拿出一个放大镜，仔细地观察起来，不一会儿，他的脸上闪现了一丝胜利的微笑。当他把项链递还给拉姆齐，正准备开口说话时，忽然看见拉姆齐夫人的脸是那样的苍白，好像马上就会眩晕过去一样。她的眼睛看着凯兰达，那是一种绝望的哀求。我很纳闷，拉姆齐没有看到这些。

凯兰达半张着嘴，很长时间都没有说话。我看得出来他在积极努力着，试图改变着什么。

“是我错了，”最后他说道，“这是一个非常好的仿冒品，18美元的价格很合适。”

他从钱包里拿出一百美元递给拉姆齐，没有再多说一句话。

“也许这能教会你以后不要太自以为是、无所不知了。”拉姆齐得意洋洋地说道。

我留意到凯兰达的手在瑟瑟发抖。

这件事很快在整个船上传开了，凯兰达不得不忍受着别人的戏弄和嘲笑。对于“无所不知”先生来说，这的确是一个笑话。然而，拉姆齐夫人再也没有出来过，听说她有点头痛。

第二天早上，我起床以后正刮着脸，凯兰达躺在床上抽着雪茄。忽然一阵嘟嘟的声音，一封信从门下塞了进来。我打开门，外面没有一个人。我捡起信封，上面用印刷字体写着“致凯兰达”。

我把信递给了他：

“哪儿来的？”

他打开信封。“咦？”拿出的不是信纸，而是一张一百美元的钞票。

他看了我一眼，然后把信封撕成碎片从舱口扔了出去。

“没有哪个人愿意被他人看成是一个大傻瓜。”他说道。

“那么珍珠是真的了？”我问道。

“如果我有一个漂亮的老婆的话，我绝不会让她独自一个人在纽约待上一年。”他拿出钱包，把一百美元放了进去。

此时此刻，我觉得自己不是那么讨厌凯兰达了。

黑猫

[美] 爱伦·坡

吴晓晖 译

我要写下的这个故事是如此荒诞，又如此平凡，我不奢望有人会相信。我自己都无法相信的事实，还要指望别人相信，难道不是发疯了吗？不过我没有发疯，也不是在做梦。明天我就要死了，我要趁今天放给灵魂自由。我想现在立刻将这些普普通通的家事公布于众，就这么简单扼要地落笔，也不打算多说些什么。这些事让我吓破了胆，苦不堪言，并最终毁掉了我。我没想过要细细解释，因为对许多人来说，它们并不是令人吓破胆子的怪事，而只是为了引人注意的浮夸之谈而已。因此，一些聪明人可能觉得我的遭遇只是平常，但在有些更冷静、更有逻辑、更有理性的聪明人看来，我这满怀畏惧的描述，也无非是暗合世间的因果报应罢了。

打幼年时，我便性格温顺，悲天悯人。我的心肠之软有时连玩伴们都要取笑。我特别喜爱动物，父母出于宠溺为我弄来了许多宠物。我有大把时光都和它们极为欢乐地度过，每逢给它们喂食照料，都会喜不自胜。我对宠物的喜好与日俱增，即使成人之后也仍是我的最大乐趣来源。对于那些珍惜忠诚伶俐狗儿的人们，我个中欢愉根本无需解释。在那无私而自我牺牲的生灵身上，它们的爱意总能让见惯了俗世间卑鄙背叛的人心头一暖。

我结婚得早，妻子和我志趣相投，这让我很是高兴。她见我如此喜爱宠物，也想方设法找来各种可爱的宠物。我们养了小鸟、金鱼、野兔、一条好狗、一只小猴子，还有一只猫。

最后提到的这只猫体型庞大、乌黑发亮、美丽动人，而且出奇地聪明。说起这聪明的猫儿，生来迷信的妻子还相信古人的说法，觉得所有的黑猫都是女巫假扮的。当时她也只当玩笑话说说而已，但我现在一想起这句话，就无法从脑海中将它抹去。

这猫的名字叫普路托，是我最喜欢的宠物和玩伴。我亲自喂养它，当我在家里时，它一直黏在我的脚边。就算我要上街，它也硬要跟着，甩也甩不开。

好几年来我和普路托一直亲亲热热。但很惭愧，因为酗酒，数年间我变得暴躁易怒、情绪化严重、不顾他人感受，简直是换了个人。我居然还对妻子恶言相向，最后甚至对她拳脚相加。我的宠物们当然也感到我脾气大变。我不但忽视它们，甚至还会虐待它们。对于普罗托，我还能用理性抑制自己不要出手，但对于那些兔子、猴子甚至那只狗，不管它们是出于孺慕之情，还是凑巧来到我身边，我都毫不手软，心狠手辣地虐待一番。我的病日渐根深蒂固——世上还有什么病比酗酒可怕呢！结果，那时普路托年纪大了，脾气也不太好，就连它也遭了我的毒手。

一天晚上，我从城里常去的酒馆那儿喝得醉醺醺地回来，觉得猫儿故意躲开不愿见我，便一把抓住了它。猫儿受了惊，在我手上咬出小小一个口子。我邪性大发、暴跳如雷、浑然忘我，原本好好先生的形象已无处可觅。一股穷凶极恶的狠劲借着酒精升腾而起，我从马甲口袋里掏出折叠刀，甩出刀刃，紧紧扼住这可怜东西的喉咙，把它的一只眼珠子从眼眶里活生生剜了出来！写到这该死的罪行，我不由得面红耳热，全身打颤。

第二天早上，待我从昨夜的堕落中清醒，恢复理性，思及自己的罪恶所为，心里半是恐怖，半是悔恨。但是这感情是如此软弱无力，我的灵魂依然不为所动。我复而贪杯狂饮，很快美酒便将我的歉意消融得一干二净了。

我故态复萌之时，猫儿的伤势也在缓慢恢复。那缺少了眼珠的空洞眼眶，说实话，真是太骇人，但它似乎不再疼痛了。它还像往常一样在房子里游荡，但是我一走近，就会吓得死命逃走。我天良尚存，看到这往日深爱我的动物居然变成如此模样，不禁悲从中来。但是这悲伤很快让位于愤怒，后来，居然变成了邪念，让我最后犯下弥天大错。哲学中没有任何篇幅提到过这种邪念，但是我也十分确定，这邪念是人心深处的原始冲动，是最必不可少的，塑造一个人性格的官能与情绪。试问，谁没有干过上百件坏事蠢事，就因为心里明知道其不可为？我们难道不正有一种劣根性，明明头脑清楚理智，明知法律不容侵犯，却还是跃跃欲试，想要违法乱纪？这邪性最终导致了我的覆灭。这是灵魂本身深不见底的冲动，是它让我去自寻烦恼，去付诸暴力，仅仅为了犯错而犯错——它驱使着我继续残害那无辜的生灵。一天早上，我无情地用索套勒住了它的脖子，把它吊到树上，害死了它。吊死它时我流着眼泪，心中充满了悔恨。我吊死它是因为我知道它爱过我，因为我知道它什么过错都没犯；我吊死它是因为我想要犯罪，犯下让我不得超生的重罪。如果我能超生，就连最慈悲、最令人敬畏的上帝都不会容赦。

我干下这件坏事的晚上，在睡梦中被大喊失火的声音吵醒了。我的床帘着了火，整间房子都烧了起来。我妻子、一个仆人，还有我自己，费了好大力气才从火海中逃出来。这场火烧得太厉害了。我在俗世的所有财富都付之一炬，从此我一蹶不振。

我还没脆弱到要在这场横祸和之前的暴行间找到什么因果联系。我只是想把这一连串事实详述一遍，希望不要有任何遗漏。火灾第二天，我去看了废墟。只有一面墙没有倒塌，那是一面房间内部的墙，不太厚，在房子中部，靠着我的床头。我想大概是因为新近粉刷了吧，墙上抹的泥浆阻隔了火焰。墙边挤满了人，有很多似乎在看着同一块地方，像是发现了什么蹊跷的东西。“太奇怪了!”“难以置信!”还有许多类似的话引起了我的好奇心。我走近一瞧，白色的墙上赫然印着一幅块头不小的猫儿浮雕，这浮雕栩栩如生，猫脖子上还套着一个索套!

这莫非是那死猫的幽灵在作祟?初见之下我吓破了胆，我惊惧交加，心神不宁，但最终还是冷静下来了。我记得，那猫是吊在房子旁的花园里的。听到火警时，花园里片刻就挤满了人，肯定有人把猫从树上解下来，从窗口里扔到了我房间，大概是想把我吵醒吧。但倒下的其他几面墙将我的受害者压进了新刷的灰泥里。火焰、石灰与燃烧尸骸产生的氨气相互作用，将猫的轮廓印在了墙上。

我上面所述的推理，依本人理性来看，抛开良心不谈，也算能自圆其说。但是我心中所生的幻象却丝毫未减。几个月来我都摆脱不了那猫的鬼影，只觉心中涌上一种似悔非悔的感情。我害死了它，倍感懊悔，便在习惯鬼混的地方寻觅一只品种和外表都相似的猫，用来填补它的空缺。

一晚，我坐在一家声名狼藉的酒店里，正喝得晕晕乎乎，突然有个黑东西吸引了我的注意力。屋里没什么家具，酒桶算一个大件，那黑东西就坐在装着杜松子酒还是朗姆酒的大酒桶盖上。我直盯盯看着那桶盖好一会儿，想着刚才怎么没发现它，真是奇怪了！我朝它靠近，轻轻抚摸着它。那是一只黑猫，块头大概和普路托无二，除了一个地方不同，简直就是普路托再世。普路托身上没一根白毛，但这只猫的胸部覆盖着一大块纹路模糊的白斑。

我一摸到它，它就站起来，发出大大的咕噜声，直蹭我的手，很高兴我注意到它的样子。这正是我要找的猫。我马上决定向店主买下它，但是店主没收钱，他说是第一次看见这只猫，之前根本就没有见过。

我继续爱抚它。当我准备回家了，猫一副要陪着我回去的样子。我随它跟着，时走时停，经常弯下身拍拍它。一到家它就驯良得不得了，马上就成了妻子的心头宝。

至于我自己，不多久就开始厌烦它了。这和我原先的期望背道而驰，也不知道是为什么，它对我的喜爱越显而易见，反而越让我厌恶烦恼。慢慢地，这厌烦升级成了仇恨。我避开那只动物，不跟它见面。因为心中羞愧，加上仍会想起之前的暴行，我始终没向它出手。数周过去，我没有伤过它，也没有打过它。但日复一日，我心里滋生出一种无法言喻的憎恶感，每每看到那可恶的存在就会像躲避瘟疫一样逃开。

让我对它的厌恶变本加厉的是带它回家的第二天早上，我发现它跟普路托一样，少了一只眼睛。我的妻子见了它更添怜爱，就像之前说过的，她和曾经的我一样，心肠慈悲，因此她的快乐也最为单纯。

虽然我对这只猫日益生厌，它却对我日益眷恋。我到哪儿它便跟到哪儿，那股顽固的劲头想必您也无法理解。不管我坐在哪儿，它都会在椅子底下弓着身子，要不就跳到我膝头，亲密得惹人讨厌。如果我起身走走，它就会缠在我两腿之间，绊的我险些摔个跟头，要不就是用又长又尖的爪子攀住我的衣服一路爬到我胸口。每当这时我就恨不得一拳把它打个稀烂，但因为会想起早先犯下的罪过而苦苦克制——我承认是因为怕死了这玩意而没有下手。

这畏惧并非由于害怕自己一时冲动去做出什么事情，但我自己也说不出个所以然来。我简直羞于承认——就算像我这样的恶棍也会羞于承认，假想的幻象加剧了那动物在我心中激起的恐惧。妻子曾经不止一次让我看那白毛的形状，就是我说过的，这头奇怪的动物和我杀掉的那头之间的唯一区别。您想必还记得这个标记，虽然很大，但最初并不明显。随着时间推移，尽管变化细不可查，这印记却最终轮廓分明起来。我的理性虽然一直挣扎着是否要将这变化视为幻觉，但它已经变成一个我说不出口的东西了——那是我所厌恶惧怕，一直躲避的——它现在变成了一个令人惊骇的、可怕的绞刑架的形状！哦，这饱含恐怖与罪恶，饱含痛苦与死亡的夺人性命的刑具啊！

到此为止，我的遭遇已经极其不堪了。它不过是一只毫无理性的兽类，我轻轻松松就杀掉了它的同类，但它居然让我，这个依照神的形象造出的人，遭了这么多罪！哎呀！不管白天还是夜晚，我都不得安生！白天这畜生一直缠着我，没有一刻不在我身边。到了晚上，我又要被噩梦烦扰，醒来发现这东西趴在我脸上呼着热气。它就是我无力挣脱的梦魇，它沉甸甸的重量永远压在我心头。

在这样纠结之下，我本来尚存的一点点天良也灰飞烟灭了，心中留下的全是最为邪恶，最为黑暗的念头。平时我脾气就阴晴不定，现在更是发展为对一切事物和一切人的憎恶。我时不时就会没头没脑地暴发出一阵怒火，而我那从不抱怨的妻子呀，就成了我最经常、最耐心的受害者。

因为穷困潦倒，我们只能住在一所老旧房子里。一天她陪着我去地下室做点家务。那猫追着我下了陡峭的楼梯，差点绊得我摔个倒栽葱。我气得要死，忘记了自己曾如何幼稚地害怕它，拎起斧头便向它猛地砍去。要是它当场被我砍死就好了！但妻子一把抓住了我，我热血冲头，化身为恶魔，从她臂弯里硬抽出手，一斧子劈破了她的头。她摔倒在地，一声都没吭，当场就死去了。

干完了这件骇人的罪行之后，我开始全心思考如何藏尸灭迹。我知道不论白天还是夜晚都没法把尸体搬出去，万一被邻居发现就糟糕了。我脑中闪现许多计划，有次我想着要把尸体分割成许多碎片，用火烧个干净。还有次我决定在地窖挖个洞把尸体埋进去。我还想过把尸体扔到院子里的水井里，或者把它包装得像个货物似的，找个搬运工把它运出去。最后我灵机一动，想到了一个万全之策。我决定在地窖里砌堵墙，把尸体埋进去，就像记载里中世纪时僧侣把殉道者砌进墙壁那样。

这个地窖派此用场真是再合适不过了。它的墙壁建得不够结实，只在最近用石灰粗粗刷过，空气潮湿，所以石灰没有凝固。墙上正好有个地方凹进去，本来是用来放烟囱或者壁炉的，后来被填充起来，和地窖的其他地方也没什么差别了。于是我决定把这里的砖块搬开，把尸体放进去，像之前一样把墙砌好，就没人会发现什么异常了。

一旦心意已定，我便立刻付诸行动。我用铁棍轻易撬开了砖头，将尸体小心地靠在里面的墙上放好。不费什么劲，我就把砖头砌好，弄得跟之前别无二样了。我还弄到手一点沙子、毛发还有砂浆，用了十二分的细心，调配了和旧灰泥完全一致的灰泥，认认真真地刷在了新砌的砖头上。做完一切之后，我自觉十万个放心。墙面瞧不出动过什么手脚，连地上的垃圾我都细细全部清扫干净了。我瞧瞧四周，很有成就感，自言自语道："最起码没有瞎忙一场。"

我接下来就要去捕捉那害我至深的畜生了。因为我最终决定要置它于死地，一旦逮着它，我就要送它上西天。这只狡诈的动物好像对我之前的暴怒有所警惕，绝不让自己撞到我的气头上。心上少了这只怪兽烦扰，我如释重负，高兴得简直无法言喻。晚上它也没有出现。自它出现在这房子里的第一天来，我第一次痛痛快快地睡了个好觉。啊，就算背负着一条人命在身我也毫不在意啊！

第二天、第三天也无事度过，但那让我烦恼的元凶还没有现身。我又能畅快地呼吸了。那只畜生害怕到夹着尾巴逃了！我再也见不着它了！我高兴得要飞上天了！我虽然犯下大罪，却全无反省之心。警察来做过些调查，我回答的滴水不漏。他们甚至还发起了一次搜索，但是当然什么都没有发现。我觉得自己未来的幸福日子已经指日可待啦。

谋杀案发生的第四天，突然来了一帮子警察，开进房里严密地进行了搜查。我做过伪装的地方当然没有让他们看出什么端倪，而且我面上也没有任何羞愧。警察让我陪着他们一起搜查。他们细细查过了每一个边边角角，搜过了第三次还是第四次，我们进入了地窖。我神色自若，一点动摇都没有，心脏跳得和那些从未干过亏心事的人一样稳。我从地窖这头走到那头，双臂抱在胸前，走得无比闲适。警察们搜够了准备离开，我乐不自胜，为了宣泄这种胜利的喜悦，恨不得能说些什么来进一步证实自己的清白。

警察们走下台阶时，我说道："先生们，我很高兴你们不再怀疑我。祝你们身体健康，万事顺心。再见啦，先生们，这所房子建得可好啦。(就因为急切的想说点什么，我都不知道自己说了什么)""这房子简直建得太结实了，这些墙——啊，先生们，你们要走了么？这些墙砌得特别牢固。"被盲目的狂热冲晕了头，我喋喋不休起来，抓起根手杖，就朝藏着爱妻尸体的墙上打去。

上帝啊，将我从这恶魔的毒牙之下拯救吧！我的敲击声还未完全消失，坟墓中便传来了怪声！最初是压抑破碎的叫喊，像孩子的抽泣，然后马上就变成了一种又长又吵的持续不断的尖叫声，那是种诡异反常，完全非人的声音，一种嗥叫，一种恸哭，半是恐怖半是胜利。只有被打下地狱的亡灵的惨叫，还有折磨它们的恶魔的欢呼互相交缠，才会发出如此可怖的声音！

我当时的状态想来也很可笑。我晕乎乎地走到了对面的墙边，那一刻，所有走在阶梯上的警察都大惊失色，吓得一动都不动。片刻之后，几只强壮的胳膊向墙上挥去，整面墙都塌了，那腐烂得厉害，结满了血污的尸首就直挺挺地立在众人面前。尸首的头上趴着那只可恨至极的畜生，它张着血盆大口，独眼里怒火正烧，就是它用那些伎俩让我杀了爱妻，又是它的报警声把我送上了绞刑架。原来我把那只怪物也砌进坟墓了！

蓝色房间

［法］梅里美

陈　茜 译

谨以此文献给吕纳夫人[①]

火车候车室内，一名年轻男子正不安地来回踱着步，神情焦虑。男子脸上戴着副蓝色眼镜，虽未染上风寒，却不时用手帕擦拭着鼻子。他左手提着一个黑色小包。我后来才知道，包里装着

① 吕纳夫人（Madame de la Rhune），即指法兰西第二帝国皇帝拿破仑三世的妻子——欧仁妮·德·蒙蒂若（Eugénie de Montijo），通常被称为欧仁妮皇后（也译为尤金妮娅皇后或尤金妮皇后），是欧洲颇具传奇色彩的美貌皇后。1830 年，梅里美在西班牙结识了欧仁妮的母亲——蒙蒂若伯爵夫人，两人成为终生好友。欧仁妮成为法兰西皇后之后，封梅里美为参议员，两人关系密切。欧仁妮皇后常到法国西南部的比阿里茨（Biarritz）度假，梅里美也常伴在侧。从皇后的行宫远眺，能欣赏比阿里茨以南的吕纳山（la Rhune）的美景，因此梅里美常戏称皇后为“吕纳夫人”。

一件丝质睡衣和一条土耳其式长裤[①]。

年轻人会时不时地走到候车室门口，朝着外面的街道张望，然后再掏出手表，依着车站的时钟调对时间。火车一个小时后才出发，但总有人担心自己会赶不上。这趟车并非忙碌的人通常乘坐的那种，那种车上很少设头等车厢；此时也不是证券经纪人下班赶回城郊的家吃晚饭的时间。从这些旅客的举止中，一个地道的巴黎人一眼就能看出，他们不是农夫，就是来自郊区的小商贩。每当有人走进车站，或者有车在门口停下时，这位戴着蓝眼镜的年轻人的心就会像气球那样开始膨胀，他两膝颤抖，手中的包几乎滑落，眼镜也险些摔在地上。顺便提一句，他的眼镜本来就戴歪了。

等了许久，正当他越来越焦虑之际，一个女人在候车室的侧门出现了。那方向正好是他一直未曾留意的。女人身上一袭黑衣，脸上戴着一层厚厚的面纱，手上则提着一个棕色的摩洛哥皮包[②]。我后来才发现，包里装着一件精美的睡衣和一双蓝色绸缎拖鞋。他们朝对方走去，神情颇为紧张，左顾右盼，都未敢直视前方。终于，两人走到了一起，轻握着对方的手，呆站在那儿数分钟而未曾启口，他们身体微颤，似乎都喘不过气来，激动之情恐怕一个哲学家花上一个世纪都解释不清。

“莱昂!”女人终于鼓起了说话的勇气（差点忘了提一句，那女人既年轻又貌美)。“莱昂，多么美好啊！你戴着这蓝眼镜，我

---

① 土耳其式长裤（ un pantalon turc)，此类长裤，一般裤腿较宽松，裤脚处则收紧。

② 摩洛哥皮包（un sac de maroquin)，即指由产自摩洛哥的摩洛哥山羊皮制成的女式包。摩洛哥皮革坚固耐磨，柔软光滑，一般被用来制作上等的手套，皮鞋，皮包及书皮等。

都认不出你了。”

“多么美好啊!”莱昂道,“你戴着这黑面纱,我都认不出你了。”

“多么美好啊!”女人又叹道,“咱们快上车吧,车开走了可就不好了!”说着,她紧紧握了一下他的手臂。“没人会发现的。大家都以为我现在跟克莱拉和她的丈夫一起去他们郊区别墅的路上,明天才跟他们告别呢……事实上,”她忍不住笑了出来,低头说道,“她一个小时前就走了。明天……跟她度过最后一个晚上以后……(女人又一次紧握了一下他的手)……明天早上,她应该是送我到车站与厄休拉会合,而厄休拉,我早就把她打发到我姑妈那儿去了……哈!一切都安排妥了。咱们去买票吧……他们肯定猜不出我们是谁。呀!到了旅店,要是他们查问我们的姓名怎么办?这一点,我倒是没想到……”

“杜鲁先生和杜鲁夫人?”

“噢,不好!别叫杜鲁。寄宿学校以前有个鞋匠也叫这名字。”

“那,杜蒙呢?”

“就叫杜蒙吧。”

“好极了,不过,放心,没人会问咱们的。”

响铃了,候车室的门打开了,掩着面纱的女人和她的年轻同伴急忙冲进了一间车厢。铃又响了一遍后,车厢的门也关上了。

“就剩咱们俩了!”他们欢呼道。可正在这时,一个约五十来岁的中年男人走进了包厢,捡了个角落坐下。那男人一袭黑衣,神情严肃而黯淡。汽笛响起,火车开动了。

对于这位不速之客,两位年轻人尽量坐得远远的,两人开始小心地用英语交谈,以防偷听。“先生,”中年男人用更纯正的英语说道，“如果你们要说悄悄话，最好别用英语，我碰巧是英国人。打扰到你们，我很抱歉，但另一个包厢里只坐着一个男人，而我的原则是，旅途中绝不跟一个男人单独待在一起……那人还长着一张于德[1]的脸，我怕这东西，会让他起坏念头。”说着，他指了指放在他面前的旅行包，“再说，如果睡不着，我就会看点书。”

确实，他努力着想要睡会儿觉；他从包里掏出一顶帽子戴上，闭上了眼睛。但没过几分钟，他又颇为烦躁地睁开眼，开始在包里找眼镜和一本希腊书。包里颇为杂乱，为了找到那本书，他掏出了一些被他随意塞进包里的东西放在对面的座位上。他还从中掏出了一大把英国纸币，顺便问了问年轻人N镇有没有兑换这些钱的地方。

“大概有吧。”莱昂答道。

N镇正是两个年轻人要去的地方。镇里有家干净的小旅店，据说能提供舒适的房间，但除了周六晚上，一般没人会光顾那儿。旅店离巴黎不远，所以旅店老板和伙计还没有染上外乡人的那种爱打听的坏习惯。这个叫莱昂的年轻人不久前来过这家旅店，只是当时他并没有戴那副蓝色眼镜。在他的极力推荐下，他身边的这位女伴似乎热切盼望能亲自去看看。事实上，那一天，她是如此欢快，即使是去拜访一座监狱，她也欢呼雀跃，只要那监狱能把他们俩锁在一起。

此时，火车继续奔跑着。那位英国人头也不抬地沉浸在阅读

---

① 于德（Jud），1860年12月，巴黎皇家法院第四审判庭庭长波恩索先生被杀害在火车车厢内。警方推测，凶手是一个名叫查尔斯·于德的在逃犯。此后，凶手一直逍遥法外。此事在当时引起不小的恐慌。

中，而两个年轻人则互相轻咬着耳朵，吐露热恋中的人才能明白的柔情蜜语。我说这两个年轻人是一对热恋中的情侣，估计读者并不会惊讶。可惜的是，他们并没有结婚，当然这也是事出有因。

火车到了N镇，英国人先下了车。莱昂小心地扶着他的女友下车，以免他人看到她裙子下显露的小腿。正在此时，一个男人从他们隔壁的包厢跳下了车。那男人脸色黯淡，甚至还泛着病态的土黄色，凹陷的双眼布满血丝，他满脸胡子，一副不法之徒的模样。他的衣服还算干净，但已经破烂不堪。黑色的外套，也颇为破旧，背部和肘部都被磨成了灰色。他的衣服扣子一直扣到下巴，也许是为了掩藏里面同样不堪的衣服。他走向那个英国人，毕恭毕敬地喊了声："叔叔!"[①]

"滚开，你这个混蛋!"[②] 英国人骂道，灰色的眼睛泛着怒光，他大步朝出站口走去。

"请不要把我逼到绝境。"那个男人回道，伤感之中透着威胁。

"请帮我看会儿包。"英国人说着把包扔到了莱昂的脚边。

他拽着那个男人的胳膊，把他推到一边，以防两人的谈话被他人听见。他对那人说了会话，声音颇为严厉冷酷。随后，他又掏出几张纸，揉成一团，塞进那个管他叫"叔叔"的男人手里。那人未道一声谢，便匆匆离开了。

没过多久，这个故事的主人公们又重新在那家旅店碰了面。基于N镇只有这一家旅店，读者对此也不用过于惊讶。在法国，一个旅客如果能挽着一位打扮时髦的女士出现，无论在任何旅

① 此处，原文是英文。

② 此处，原文是英文。

店，他都会毫无疑问地分到上好的房间。这点足以说明，我们法国人是整个欧洲最文雅的民族。但是，即使莱昂此刻拿到了这家旅店最好房间的钥匙，那也不足以说明这房间极其精致舒适。房内摆着一张桃木大床，挂着印有紫色图案的印花床幔，图案讲述的是皮拉摩斯与提斯柏[①]的凄美故事。墙上贴着壁纸，上面描绘的是人头攒动的那不勒斯港[②]的美好风光。可惜的是，那些人物（不管男女）的脸上，都画满了胡子和烟斗，这都是一些缺乏素养的游客无聊时的涂鸦。他们还用铅笔在海面和天空处涂了一些蠢话和歪诗。墙上还挂有几幅木版画——《路易·菲利普[③] 1830

---

① 皮拉摩斯与提斯柏（Pyrame et Thisbé），是古希腊古罗马神话中的两个人物。根据奥维德在《变形记》中的叙述，皮拉摩斯与提斯柏互相深爱着对方。一天，他们相约于一棵桑树下。正当提斯柏在等待她的情人到来时，一头满嘴鲜血的狮子窜了出来。提斯柏吓得躲了起来，慌乱中掉落了脸上的面纱。狮子看到面纱，把它撕咬得粉碎。皮拉摩斯赶到时，看到地上沾满鲜血的面纱，以为情人已惨遭毒手，便拔剑自刎。提斯柏赶到后，看到躺在血泊中的皮拉摩斯，也自刎殉情。两人的鲜血溅染了树上的桑葚。据说，这就是为什么桑葚是血红色的缘由。

② 那不勒斯（Naples），意大利的第三大城市，该城风光绮丽，是地中海最著名的风景名胜之一。

③ 路易·菲利普（Louis-Philippe），法国奥尔良王朝的最后一位皇帝。1830 年，法国七月革命爆发后，查理十世退位，路易·菲利普加冕为法国国王。1846 年，法国工农业萧条，引发了二月革命。菲利普于 1848 年逊位，随后隐居于英格兰，于 1850 年逝世。

年的就职宣誓》、《朱莉与圣普乐[1]的初次相会》以及两幅杜布夫[2]的《等待幸福》和《追悔》的仿作。这房间被称为“蓝色房间”，是因为壁炉前的两张扶手椅都有着蓝色的乌得勒支[3]天鹅绒椅面，只是多年来椅子上都套着灰面紫边的帆布椅套，所以旅客们不怎么能看出来。

旅店的伙计热情地询问客人的需求。莱昂此时虽已沉浸在爱情的甜蜜中，但仍没有忘记像点餐这样的小事。他花了一番口舌，还塞了点钱，他们这才向他保证今晚他能和女伴单独进餐而不被打扰。但不巧的是，驻扎此地的第三轻骑兵[4]要调走，接班的第三骠骑兵[5]就在当晚大摆筵席欢送他们，声势颇为浩大。欢送会恰好就在蓝色房间的隔壁大厅举行，这让莱昂苦恼不已。店主则满口保证，当地人都知道，除了法国军人通常具有的爱热闹

---

① 朱莉与圣普乐（Julie et Saint-Preux），法国卢梭所著小说——《新爱洛伊丝》的男女主人公。故事讲述的是贵族小姐朱莉和平民圣普乐间的爱情故事。圣普乐是朱莉以及她表妹的家庭教师。朱莉与圣普乐彼此相爱，却遭到她父亲的反对。朱莉被迫与圣普乐分离，嫁给了一个俄国贵族。朱莉告知丈夫她与圣普乐的故事，并得到他的谅解。六年后，两人重聚，重温旧梦，却未曾越过雷池一步。不久，朱莉为救落水的儿子而染病生亡。弥留之际，朱莉请求圣普乐与她表妹结婚，并照顾她家人。圣普乐答应照顾她家人，却拒绝娶她表妹。

② 杜布夫（M. Dubuffe），十八世纪法国画家。

③ 乌得勒支（Utrecht），位于荷兰中部，是荷兰第四大城市，同时是阿姆斯特丹-莱茵运河沿岸的重要港口。

④ 轻骑兵（Chasseurs），骑马的轻装部队。与重骑兵相对，轻骑兵的主要任务是侦查、掩护、散兵和突袭。在欧洲，随着封建制度及骑士的没落，轻骑兵成为重要的作战部队。

⑤ 骠骑兵（Hussards），轻骑兵中常见的一种，源自于十六世纪的匈牙利，在拿破仑战役中发挥过重要作用。

的天性外，这两支军队向来谨慎低调，谦和有礼，今晚的聚会不会给女士带来任何不便，再说，他们在午夜之前就会离开。

莱昂稍感心安，正准备进房时，他瞥见那英国人就住在他们隔壁。房门敞开着，英国人正坐在桌旁，眼睛专注地盯着天花板，似乎在数贴在上面的苍蝇，桌上则放着一瓶酒及一个酒杯。

"在隔壁又有什么关系!"莱昂在心里说道，"英国人很快就会把自己灌醉，而那些军官午夜前就会离开。"

一回到房间，莱昂就开始检查房门是否都已关严，是否都上了闩。与英国人房间相隔的墙面很厚实，并且还装着双扇门；另一面与军官们相隔的墙面则比较薄，但门上有锁也有闩。不管怎样，这总比火车包厢强多了，再说，世上不知有多少人一躲进出租马车就以为自己与世隔绝了呢!

两个年轻人，历经漫长的等待，终于能远离嫉妒的小人和好事之徒，单独相伴，互诉往昔的苦楚，尽享重聚的欢乐。对此，即使想象力最丰富的人恐怕也难以揣测此刻他们的心里是何等的幸福与甜蜜。然而，恶魔总能找到办法往幸福的酒杯中滴上几滴苦酒。

约翰逊①曾借用一个希腊人②的话语写道，没有任何人能说"今天，我必幸福"这样的话。这个真理被古时伟大的哲学家们所认同，却未曾引起当下一些人的关注，特别是那些坠入爱河的人。

两个年轻人在蓝色房间里用了一顿糟糕的晚餐（菜是从隔壁

---

① 约翰逊（Johnson），即指塞缪尔·约翰逊，十八世纪英国重要的作家、诗人、文学评论家和道德家。

② 一个希腊人（un Grec），即指梭伦，古希腊著名的政治改革家和诗人，"古希腊七贤"之一。

的宴席里弄来的)，同时他们还要忍受隔壁军官老爷们的高谈阔论。至于谈论的内容，都是一些关于军事战略的深奥话题，此处我不再赘述。此外，隔壁不时还传来一长串粗俗的故事，大多伴随着军官们轻佻的大笑声，有时连两个年轻人听了都忍俊不禁。莱昂的女伴并不是一个故作正经的女人，但人总有一些不愿意听到的东西，特别是当她和自己心爱的人单独待在一起时。情况变得越来越尴尬。当他们开始给军官们上点心时，莱昂觉得是时候让店主转告他们一声，隔壁有一位病弱的女士，如果他们能稍微轻声点，他将万分感谢。

店主觉得，这点动静，对于一个团的军人来说，根本算不得什么。正当店主感到为难时，一个伙计说，军官们要一瓶香槟，另一个女仆又说，那个英国人要一瓶波尔图酒①。

“我都跟他说了，已经没有这酒了。”女仆又抱怨了一声。

“怎么就这么笨。我们这儿什么酒都有。我马上给他弄来。波尔图酒，是吧？去拿瓶果酒，就是较便宜的那种，再弄瓶白兰地来。”

店主很快调制好了“波尔图酒”，就去帮莱昂传话。

一开始，莱昂的请求激起了一片不满之声。随后，一个低沉的声音问道，隔壁住的是怎样一个女人。紧接着，一片寂静……

“说实话，各位，我不知道该怎么说。她很漂亮，但显得很害羞。玛丽·让娜说她手上戴着枚结婚戒指，也许她是新婚不久的新娘，来这儿度蜜月的，这是常有的事。”

---

① 波尔图酒（vin de Porto），产于葡萄牙杜罗河一带，用葡萄原汁酒与葡萄蒸馏酒勾兑而成，有波尔图红酒与波尔图白酒两种，颇受葡萄牙人及法国人的喜爱。

“新娘？”四十个声音齐呼道，“那她得到这儿和我们碰杯！我们会祝福她，顺便教导教导那位新郎怎样当个好丈夫。”

说着，响起了一阵马刺①碰撞的叮当声。两位年轻人不禁一颤，唯恐那帮兴致高昂的军官们会冲进他们的房间。突然，另一个颇具威严的声音制止了他们的行动。那显然是位长官。他呵斥道他们应当注意自身的礼节，并命令他们重新坐好，说话要得体，不要大喊大叫。接着，他又低声说了一些话。两位年轻人虽然听不清他到底说了什么，但他们能听出，士兵们都在洗耳恭听，其间还伴随着一些强忍的嬉笑声。随即，隔壁安静了许多。

我们的这对爱侣，一边庆幸着严明纪律的存在，一边开始更自在地聊了起来……但是，经过这么一番折腾——焦急的等待，途中的烦恼，以及隔壁房间令人无法忍受的吵闹声，他们还需要一点时间来恢复平静的心情。这也不难，因为年轻，他们很快就忘掉了这诸多烦恼，开始想着这次旅途带来的所有美好。

他们以为，这下彻底消停了。哎！那只是暂时的。正当他们以为相安无事，开始柔情蜜意时，隔壁二十四把小号和数把长号齐鸣，奏响了法国士兵熟知的调子——《胜利属于我们！》。面对这样的阵势，又有谁能阻挡得了呢？我们的两个年轻人简直狼狈极了。

…………

庆幸的是，没过多久，这帮军官就起身离开了。伴随着一阵马刺和军刀碰撞的嘈杂声，他们从蓝色房间门前经过，挨个儿喊了一声：“晚安了，新娘子！”

---

① 马刺，一种连在马靴靴跟上的尖状物或带刺的轮盘，用来刺激马奔跑。

随后，一片寂静。不对，我说错了。这时，英国人来到走廊上，大喊一声："伙计！给我再弄瓶这种波尔图酒。"

旅店再次恢复了平静。明月如盘，夜色柔美。自古以来，爱河中的情侣们都喜欢守着一轮皓月相伴。我们的两位主人公也是。他们轻启窗门，窗前是个小巧的花园。清风习习，暗香涌动，那是园中铁线莲散发的香味儿。

两人并没有欣赏多久，一个男人走进了花园。男人嘴里叼着一支烟，抱着双臂，低头在园中踱步。莱昂认出，那是爱喝波尔图酒的英国人的侄子。

此处，我不再赘述一些没必要的细节，也不想唠叨那些发生在旅店里的各种琐事，这些，读者凭借自己丰富的想象力都能填补。我只想说，当蓝色房间壁炉上的蜡烛只剩下不到一半时，一个奇怪的声音从一直静悄悄的英国人房间传出，那是一个人重重倒地的声音。接着又传来异样的破裂音，伴随着一声压抑的叫喊和一阵含糊的咒骂。蓝色房间的这对璧人一阵战栗，也许刚从睡梦中惊醒；两人都不明所以，倍感不安。

"我们的朋友，那个英国人在做梦呢。"莱昂说着，挤出一个笑脸。

莱昂试着安抚身边的情人，自己却忍不住害怕地哆嗦了起来。两三分钟后，楼道里传来门被轻启，又被小心关上的声音。两人接着听到一阵蹒跚而心虚的脚步声慢慢地消失在走廊尽头，显然那人不想让别人听到他走过。

"这该死的旅店！"莱昂忍不住骂道。

"不！这儿是天堂！"女人说着把头轻靠在情人的肩头。"我困死了……"她轻叹道，很快又进入了梦乡。

有位道德家曾说过，当一个人无所求时，他通常会选择保持沉默。所以，当我们的莱昂不再挑起另一个话题，不再抱怨旅店的各种响声时，我们也不用感到惊讶。然而，他仍心事重重，无心睡眠，脑中冒出许多令人不安的画面。要是放在往日，他才不至于这样呢。

英国人的侄子那副邪恶面孔重新浮现在他的脑海中。那个年轻人说话虽然毕恭毕敬，但他看英国人的眼神中却充满着愤恨。显然，他当时是在向英国人索取钱财。对于一个身强力壮同时又充满绝望的年轻人来说，从花园翻窗进入隔壁房间是多么轻而易举的事啊。再说，他可能早就潜伏在旅店里，等到天黑，潜进花园……说不定……很可能……他早就知道他叔叔的包里藏着一大笔钱……第一声重响，多么像一根棍子重敲脑袋的声音啊！……那声低沉的叫喊声……那可怕的咒骂声！还有那蹊跷的脚步声！那个侄子长得太像杀人犯了……可是谁敢在一个满是军官的旅店杀人呢？那个英国人看上去也是个聪明人，知道他侄子在附近，肯定会把门窗锁好的……他不想让侄子注意到那个旅行包，很显然，他不信任这个侄子……一个身在福中的人又何必去操心这些可怕的事呢？

这些想法如令人困惑的梦境般不断在莱昂脑中闪现。对此，我不再详细分析了。

此时，我们的莱昂呆呆地盯着那扇与英国人的房间相通的隔门。在法国，门都装得不太严实。那扇门和地板之间留有一英寸的空隙。突然，借着地板的反光，莱昂看到了一种黑乎乎，扁平的物质出现在那门缝间。那东西看上去像一把小刀，在烛光的映照下，“刀锋”泛着细细的冷光。那东西慢慢地朝那只被随意丢在门边的蓝缎子拖鞋靠近。那是一只蜈蚣一样的虫子吧？……不对，不是虫子，它的形状一直在变……那东西开始分成两三股流进房间，每一股的边缘都泛着冷光。地板稍有坡度，那东西就流得越来越快……终于碰到了那只拖鞋。毫无疑问！那是一种液体，液体的颜色被烛光照得一清二楚，是血！莱昂看着这一股股涌进的液体，吓得呆若木鸡。而他的女伴仍安详地睡着，轻吐的鼻息不时温暖着情人的脖子和肩膀。

…………

一进旅店，莱昂就周到地事先订了餐。这足以说明莱昂是个头脑冷静、富有远见、颇具智慧的年轻人。在此危急关头，也能看出这一点。面对这可怕的景象，莱昂内心挣扎，表面上却不动声色，全神贯注地在脑中搜寻应对的办法。

我猜，大部分读者，特别是还处于惊恐中的女性读者，会因此而责备莱昂。他们会说，他应该立即冲到隔壁手刃凶手，至少，应该拉响房铃，叫大家起来。对此，我必须提醒诸位的是，法国的房铃只是个摆设，实际上是有绳无铃。另外，请允许我再补充一句，眼看着英国人被害而不施援手，这固然不对，但为此而牺牲熟睡在肩头的情人，也并非明智之举。如果莱昂此时吵嚷起来，会发生什么呢？警察、探员等一干人会立马赶到现场。由于职业的要求，这帮人通常充满着好奇心。在询问莱昂的所见所闻之前，他们必定会问以下此类问题：

“叫什么？证件呢？这位女士呢？你们当时在房内干什么？你目睹的确切时间是什么时候？你得出庭向法官说明。”

这些来自警探和司法人员的问题困扰着莱昂。生活中，我们不时会碰到此类的道德难题。是任由一个陌生人被割破喉咙呢，还是让他所爱的人颜面扫地？提出这样的难题，我颇感不安。即使最聪明的人恐怕也难以做出正确的选择。

莱昂像大部分人会做的那样，一动不动地躺在床上，久久地盯着那股红色的液体和那只蓝色拖鞋。他的鬓角沁出了冷汗，心在胸膛中跳动着，好像随时都会爆炸。

各种想法，各种怪异恐怖的画面充斥着莱昂的脑海。“一个小时后，所有人都会知道发生了什么，而那都是你的错。”心里有个声音不断地责怪道。“但碰上这样的破事，我又能怎么办呢?”莱昂在心里念道，“如果我们在他们发现隔壁的血案之前就离开这家该死的旅店，”终于，莱昂想到了一个好主意，“幸好我戴着蓝眼镜，而她戴着面纱，没人会注意到我们来过这里。几步路就能到车站，一个小时内我们就能走得远远的。”莱昂似乎看到了一丝希望。

他马上掏出列车时刻表，仔细地研究着。正好有辆早晨八点的车开往巴黎。只要他们登上这辆车，不用多久，就能淹没在人群中。巴黎街头藏着这么多罪犯，谁会留意他们这两个无辜的人呢？不过，要是他们在八点以前就闯进隔壁的房间，那就不妙了。这倒是个大问题。确定除此之外，别无他法之后，莱昂伸了伸腰，试着打起精神来。可他稍一动，就惊动了身边的情人。她睡眼惺忪地吻了吻莱昂的冰冷的脸颊，不禁担忧地问道：“你怎么了？你的额头冷得像冰。”“没什么，”莱昂安慰道，但不安的声音却出卖了他，“我听到隔壁有声响……”

莱昂轻轻挣脱了她的怀抱，起身悄悄地踢开那只拖鞋，再搬了一张靠背椅放在隔门前挡住那摊“血迹”，以防她受到惊吓。那“血”已停止了流动，在地板上积成了可怕的一摊。他半开着通往走廊的房门，仔细地听着。他甚至壮着胆子走到英国人的门口，可是此时房门紧闭。

人们渐渐起来了，新的一天开始了。马夫正在院中喂马。喂料这事，向来都是马享福，人受累。一个长官似乎对此颇感兴趣，他踩着马刺靴，叮叮当当地朝楼下走去。他打算去告诉马夫，怎样才能做好这项有意思的工作。

莱昂回到房间，凭着对情人的满心爱意与温存，尽可能委婉地向她细说了他们当下的处境：待在此地很危险；急着离开也很危险；逗留到人们发现隔壁的血案更加危险。读者们该想象得出，这番话能引起怎样的恐慌。女人泪如雨下，慌乱中提出了种种不可取的办法。不知多少次，这对不幸的年轻人冲进彼此的怀抱，一个劲儿地道："原谅我吧！原谅我吧！"两人都以为这一切是自己的错。他们互吐衷肠，发誓死也要同穴，因为莱昂认定，法官一定会在这起谋杀案中判他们的罪。想到他日上绞刑台时未必能相拥在一起，此刻他们紧紧地拥抱着彼此，两人都以泪洗面，激动得差点晕死过去。两人悲伤了一番，不免又互吐了一些情人间的傻话。终于，在成千上百次的拥吻中，他们一致同意，搭八点钟的火车离开是目前唯一可行的办法。但是，还有难熬的两个小时。两人都如惊弓之鸟一般，走廊的每一个脚步声都令他们浑身颤抖。一听到马靴踏地的声音，他们就以为是警探逮捕他们来了。

他们迅速理好随身物品。女人正打算把那只拖鞋扔进壁炉，莱昂却把它捡了过来，仔细地用床单擦干净，轻吻了一下后，装进了自己的口袋。让他颇感意外的是，鞋上有香草的味道，但他清楚地记得，他的情人用的是欧仁妮皇后所用的那种香水，并不是这种味道。

这时候，人们都已醒来。旅店充斥着男仆们的笑声和女仆们的歌声。还有士兵在为他们的军官洗衣物。钟敲了七下。莱昂劝女友先喝杯咖啡，但她却说嗓子发紧，无论如何都喝不下东西。

莱昂重新戴上眼镜，到楼下结账。店主为半夜的响声向他道歉。莱昂不明白他为何多此一举，军官们散了后都很安静啊！他向店主保证道，他昨晚睡得很香，不曾听到任何响声。

“那位英国人应该没有打扰到您吧？”店主接着又道，“他倒是很安静，我打赌他现在一定还在楼上呼呼大睡呢。”

听了这话，莱昂吓得不轻，紧倚着桌子才没有摔倒。紧贴着他的情人则紧紧拽着他的手臂，不时往下拉了拉脸上的面纱。

“他是个阔绰的英国佬，”店主什么也没察觉到，继续说道，“什么都要最好的。噢！不过他是个好人，令人尊敬。其他英国人就没像他那么好了。店里刚来过一个吝啬鬼，什么都嫌贵，房间啦，晚餐啦，简直就是一毛不拔。他在这儿共消费了一百八十五法郎，结果塞给我一张五英镑的英钞就想打发了……都不知道是不是真的！等一下，先生，我听到过您跟这位女士讲英语，也许您知道这钱是不是真的……”

说着，他掏出一张五英镑的纸币。纸币的一角有一个小红点，莱昂一看便明白过来，紧张得喘不过气来。

“我看是真的。”声音像被堵住了似的。

“你们还有大把的时间，”店主接着道，“火车八点才到这儿，再说，一般都会晚点。您要不要先坐下，女士？您好像很累……”

正在此时，一个胖女仆走了过来。

“快，给我弄点开水来。”她说道，“那位英国老爷要喝茶。再弄块海绵来！他把酒瓶打碎了，酒洒了整整一地。”

听了这话，莱昂和他的女友，如释重负，瘫坐在椅子上。两人真想大笑一场，好不容易才忍住了。女人欢快地紧挽着莱昂的手。

“我们决定下午两点再走，”莱昂对店主说道，“现在，我们只想好好地享用一顿丰盛的午餐。”

1866年9月
作于比阿里茨[1]

---

① 比阿里茨（Biarritz），法国西南部海滨城市，风景优美，为旅游胜地。1854年，拿破仑三世曾携欧仁妮皇后到此度假，两人随即爱上了这个沿海城市。拿破仑三世买下沿海的一块地皮，动工修建了一座能俯视大海的行宫，命名为“欧仁妮别墅”（Eugenie Palace），即如今的皇宫大酒店（Hotel du Palais）。此后，两人几乎每年都来此度假。

一个女长工的故事

[法] 莫泊桑

覃千颖 译

I

天气晴朗，农场上的人们匆匆吃完午饭，又回到地里干活了。

女长工萝丝仍单独留在厨房里。炉子里的火苗就要熄灭了，上面烧着一大锅热水。她不时地舀着热水，慢悠悠地洗着碗碟，偶尔停下来看看太阳投下的两束光线，那光线透过窗子，落在桌子上，把玻璃上的污点照得很清晰。

三只大胆的母鸡正在椅子下寻觅面包碎屑。门半开着，透进来一股鸡舍里的气味和牛棚里的热气，远处传来一只公鸡的啼鸣声。

她洗好了碗碟，擦干净了桌子，又扫去壁炉台上的灰尘，把碗碟放到餐具架上。餐具架旁边是一个大木钟，滴滴嗒嗒地走着。她深深地吸了一口气，莫名地感到胸闷气短。她看着黑色的泥墙，被烟熏黑的房梁，房梁上挂着蜘蛛网、熏鲱鱼，还有成串成串的洋葱，她于是坐下来。泥土地面散发着陈腐的味道，让她很不适。那地面上不停地有东西洒落，一有热气，就散发出味道来。屋里还有几锅酸牛奶，用来做引子，把旁边的牛奶制成奶油。地面的气味就和牛奶的酸味夹杂在一起。

她想要和往常一样，做些针线活，但却觉得体力不支，于是走到门外吸了一大口新鲜空气，便感觉好多了。

母鸡们躺在冒着热气的厩肥上，有的还用一只爪子刨着厩肥，想找虫子吃。一只公鸡在母鸡群里高傲地站着，它打鸣的时候，附近农场上的公鸡都应声叫起来，好像是挨个农场发出挑战。

这姑娘看着它们，脑子里一片空白。后来她抬起头，看到一棵开满鲜花的苹果树，险些为之炫目。就在那时，一匹轻快活泼的小马驹跳过沟渠，随后突然停下来，似乎发现了自己孤独无伴，很是惊讶。

她也想要跑起来，想活动活动，舒展腿脚，在温暖无风的空气里休息。她迟疑地走了几步，闭上双眼，浑身一片舒坦。随后她到鸡棚里取鸡蛋，一共有十三只鸡蛋。她将鸡蛋捡起，放到厨房里。但是厨房的味道又让她感到厌烦，于是她到外面的草地上坐了一会儿。

树木环绕的农场似乎陷入了沉睡。草儿都长高了，带着鲜艳的嫩绿色。几株蒲公英高耸在草地里，就像一盏盏黄色的小灯。苹果树的影子落在四周。茅草屋顶上长着鸢尾草，有蓝色的，有黄色的，叶子长成刀剑的形状。屋顶上冒着热气，好像马厩和谷仓里的湿气透过草堆冒上来一样。姑娘走到放置手推车和轻型马车的棚屋里。棚屋的附近有一条沟渠，里面长满了紫罗兰，香气四溢。山坡的远处，能看到开阔的乡村，那儿种着谷物，还有一簇簇树丛。一伙伙人在各处劳作。从远处看，他们就像是布娃娃一般大小，拉着儿童车的白马也像玩具一般，赶马的人只有手指一般高。

她抱起一捆干草，扔到沟渠里，坐在上面。她坐着不舒服，又把草捆铺开，双手垫着头，双腿伸直，躺在草堆上面。

她慢慢地闭上眼睛，沉浸在愉快的慵懒中。她几乎要睡着了，却突然感觉到有一双手在抚摸她的胸部。她猛地跳起来，看到那人是雅克。这家伙是农场上的工人，老家在芘卡底。他已经追求她很长时间了。他先前在赶羊，看到她躺在树荫下，便屏息凝气，静悄悄地走过来，眼睛闪闪发亮，头发里还有一些干草。

他想要亲吻她，但她给了他一个耳光。她可是和他一样身强力壮的，所以他识趣地讨她原谅。后来他们肩并肩坐着，亲切地聊天。他们谈到喜欢的天气，谈到他们的老板——他可是个好人，后来又谈到他们的邻居，还有当地所有的人们，以及他们的村庄，他们的年少时光，他们的往事，他们的亲人。亲人们离开他们很长时间了，有的可能一辈子都再也见不到了。想到这儿，她变得忧伤起来，而他却早有打算，向她贴得更近一些。

“我很久没有见到我的母亲了，”她说，“这样的分别真叫人难受。”她的目光转向远方，望着北方，那边有她离开的小村庄。

突然，他搂住她的脖子，又想要吻她。但是她用力地给了他一拳，打得他鼻血直流。他站起来，头靠在树干上。看到这，她感到一阵歉意。她走过去对他说：“我把你打疼了吧？”他却只是笑着，说道：“不疼，没事儿。”她这一拳正好打在正中间，“好家伙！”他说。他爱慕地看着她，因为她激起了他心里对她的尊重，他开始对这位高大健壮的姑娘心生一种完全不同的爱意，这是一种真心的爱意。血止住了之后，他建议去散散步，因为他害怕如果继续那样肩并肩坐着，还少不了吃她的拳头。她主动挽着他的胳膊，走在大街上，就像两个人是出来约会一样。她对他说：“你那样不敬重我，可不好，雅克。”他不同意，不，他没有不敬重她，他只是爱上了她，真的。

“那你真的想娶我吗？”她问。

他犹豫了，斜着眼瞅着她。她直直地看着前方。她的脸颊圆润绯红，棉短衫里裹着丰满的胸脯，嘴唇丰厚红润。她的脖子几乎是裸露着的，上面冒着细细的汗珠。他心里又充满了欲望，于是，他将嘴唇靠近她的耳朵，细声说道：“想，我当然想。”

她于是抱着他的脖子，和他亲吻起来，一直到两个人都喘不过气。从那一刻起，他们开始相恋了。他们在偏僻的角落里幽会，在月光下的干草堆边调情；在饭桌下，他们用钉着钉子的靴子蹭着对方，在各自腿上留下淤青。渐渐地，雅克开始厌烦她，对她避而不见，和她说的话寥寥无几，也不再主动找她单独见面。她为此很伤心，也很焦虑。没过多久，她发现自己怀孕了。

开始时她惊慌失措，但后来就十分生气。他费尽心思躲着她，让她怎么也找不着，于是她心中的怒火一天天愈烧愈旺。终于，一天夜里，农场上的人们都入睡以后，她穿着裙子静悄悄地走出去，赤着脚，穿过院子，走到雅克住的马厩里。他正在一个铺满干草的木箱里睡着，木箱旁边是他养的马。听到她的脚步，他假装打着呼噜，但她蹲在他身边，摇着他，一直摇到他坐起身来。

“你要怎么样？”他问。她气愤得浑身哆嗦，咬着牙答道：“我要——我要你娶我，像你许诺的那样！”但是他却笑起来，说：“哦！要是一个男人要把和他发生关系的女人都娶了，那可真是有他受的。”

但是她抓着他的脖子，把他摁倒，让他跑不掉。她把他扼得喘不过气，冲着他的脸吼道：

“我怀孕了，听到没有？我怀孕了！”

他差点断了气儿，费力地呼吸着。于是他们在黑暗中呆呆地坐着，一语不发。打破寂静的只有一匹马儿的声音，它从食槽里拖出干草，大声地咀嚼着。

雅克发现她力气比自己大得多，于是含糊地说：“那好，我就娶你，这样好了吧。”但是她不相信他的承诺。“你必须马上娶我，”她说，“你要到教堂去贴结婚预告。”“我马上就去。”他答道。“你郑重发誓你一定去。”他犹豫了一会，说道：“我对天发誓！”

于是她松了手，走开了，什么也没有再说。

几天了，她一句话都没有机会对他说。夜里他的马厩总是反锁着门，她又怕闹出丑闻，不敢胡闹。后来，一天上午，她看到另一个男人进来吃饭，就问道：“雅克走了吗？”“走了。”那人回答道，“我来换他。”

她气得直打哆嗦，连把煮锅抬下灶台的力气都没有了。后来，大家都去干活的时候，她跑到自己的房间里哭起来，把头埋在枕头里，不让大家听到她的哭声。白天，她到处打听他的消息，又怕引人起疑。她幻想着她询问的人们都不怀好意地嘲笑她，觉得自己万分不幸，悲伤不已。然而，她能打听到的消息就是，他已经彻底地离开了。

Ⅱ

痛苦开始像乌云一样笼罩着她。她机械地干活，心不在焉，脑子里只想着一件事情。

“要是被人知道了，该怎么办?”

这个念头不断地困扰着她，让她心烦意乱。她知道，这一定会让她丢尽颜面，但她也无计可施。这丑事一天天逼近，像死亡一样躲也躲不掉，她甚至连想都不愿去想。每天早上大家都没有起床，她就早早地起来，到她梳头的破镜子前，久久地看着自己的腰身，就害怕别人看出她身材有变化。白天干活的时候，她隔一会就停下来，从头到脚打量自己，看看围裙有没有被自己顶起来。

几个月过去了。她难得说几句话，别人问她问题的时候，她也像是听得云里雾里的。她总是一副战战兢兢的样子，眼神憔悴，双手颤巍巍的，连农场主见了都时常对她说：“我可怜的姑娘，你最近变得多傻呀!”

在教堂里，她躲在柱子后面，不敢再去忏悔，因为她害怕面对神父。在她心里，神父有着超人的力量，可以看透人们的心思。吃饭的时候，别的佣人一看她，她就痛苦得要晕过去。她总怀疑牧牛人已经发现了她的事情，那是个滑头的早熟少年，眼睛亮闪闪的，总是盯着他看。

一天上午，邮差给她送来一封信。她先前从没有收过信，心里很紧张，于是不得不坐下来。会不会是他寄来的?但是她不识字，只能握着那张布满墨迹的信笺，焦急地坐着，抖个不停。她又不敢让别人知道自己的秘密，于是，一会之后，她把信笺放到口袋里。她干活的时候常常停下来，盯着那几行间隔均匀的字，还有最后的署名，隐隐幻想着自己能突然看懂其中的意思。她又是着急，又是担心，简直要疯了。最后没办法，她只好去找小学校长。他让她坐下，给她念道：

“我亲爱的女儿：我写信是要告诉你，我病得很重。

我们的邻居当蒂先生替我写信，如果你能走得开，就回来一趟吧。

你亲爱的母亲

村长助理塞萨尔·当蒂。”

她一个字也没有说，走开了，但一走到外面，孤身一人的时候，她就双腿发软，倒在路边，一直在那儿躺到夜里。

回到农场，她把她的坏消息告诉农场主。他让她回家，想回多久就回多久，还答应她找个短工干她的活儿，等她回来还继续雇佣她。

她回家没多久，她母亲就去世了。第二天，萝丝生下了怀胎七月的孩子。这男孩瘦得皮包骨头，让谁看了都打寒颤。他可怜的小手像蟹脚一样枯瘦，痛苦地抽搐着。看他的样子，好像他的疼痛总是停不下来。尽管如此，他还是活了下来。她说她已经结婚了，但是不能自己带孩子，所以把他寄留给邻居。他们答应好好照顾他，于是她回农场去了。

如今她受伤已久的心里升起像曙光一样的东西，那是对她抛在身后的弱小的孩子一份莫名的爱。但是那份爱里却掺杂着新的痛苦，她无时无刻不在感受这份痛苦，因为她和她的孩子分隔两地。最令她难过的是，她疯了似的想要亲吻他，把他拥在怀里，贴在胸口上，感受他的温度。夜里她睡也睡不着，白天她一个劲儿想着他。晚上，干完活以后，她就坐在火堆旁，愣愣地盯着火苗看，思绪早已飘到千里之外。

他们开始议论她，打趣地问起她的爱人。他个子高不高？长得帅不帅？是不是很富有？什么时候结婚？什么时候受洗礼？她常常跑开，独自一个人哭泣。这些问题如同针尖一般，刺得她疼痛不堪。为了忘掉这些玩笑，她开始更加卖力地干活。她还是惦记着她的孩子，于是开始想着法子为他存钱。她决心卖力干活，好让老板给她涨工资。

渐渐地，她几乎包揽了另一个女工的活儿。因为她一人干了两个人的活，那个女工留着也几乎派不上什么用场，于是老板把她辞退了。她什么事情都是精打细算：面包省着，食油省着，蜡烛也省着。喂鸡的小麦，喂马牛的饲料，她都省着，不像其他人，一股劲儿喂太多，浪费了不少。她心疼老板的钱，就好像那些钱是自己的一样。靠着一张会砍价的嘴，她总能给农场上的东西卖个好价钱。农民们卖东西时使的花招她也能一一识破。最后，农场上买进卖出东西，老板都让她负责。她还负责管理佣工，购买必需的粮食。这样，她很快就在他的农场变得不可或缺。她把所有事情都管理的井井有条。在她的管理下，农场很快兴旺繁盛。方圆五英里的人们都称她为“瓦兰老板的女工”。农场主到了哪儿都说：“那姑娘比和她同样重量的金子还值钱呢！”

然而过了很久，她的工资还是没有涨。老板似乎认为，她是个好佣工，卖力干活是理所当然的，这也仅仅是她的一片好心。她开始痛苦地想，多亏了她，她的老板没准儿每个月可以往银行里多存五十或一百埃居，而她每年却依然挣着可怜的二百法郎，一个子儿也不多。于是她决定要求提高工资。她为此去找了他三次，但一到那儿，她又说了其他事情。她羞于开口提钱，似乎这是件不光彩的事情。终于有一天，在和农场主单独在厨房吃早饭时，她有些不好意思地对他说，她想和他单独谈谈。他惊讶地抬起头，两只手放在桌子上，一只手里拿着刀，刀尖朝上，另一只手拿着一片面包。他盯着这姑娘，看得她浑身不自在。她于是开口向他请了一星期的假，她想回家，因为身体不太舒服。他很快答应了，接着也有些不好意思地对她说：

“等你回来，我也有话要单独和你说说。”

Ⅲ

孩子快八个月了，她都没有认出他来。他已经长得很结实，面色红润，身上胖嘟嘟的像个小油球。她冲他扑过去，就好像扑向猎物一样。她热烈地亲吻他，吓得他哇哇大哭。接着她自己也哭起来，因为他认不出她来，反而一看到奶妈就朝她伸手。但是第二天，他开始认得她，一看到她就笑起来。她把他带到田野里，抱着他兴奋地到处乱跑。后来她坐在树荫下，有生以来第一次对人敞开心扉，向他诉说她的苦恼，她艰苦的工作，她的忧虑，还有她的愿望，尽管他什么都听不明白。她热烈地爱抚着那个孩子，让他都觉得有些厌烦。

她醉心于照料孩子，为他洗漱，为他穿衣，因为她似乎认为，只有这样才能表达自己的母爱。她时常看着他，一想到这竟是自己的孩子，甚至有些惊讶。看着他在她怀里摇晃，她总是低声地自言自语道：“这是我的小宝宝，这是我的小宝宝。”

返回农场的路上，她不住地流泪。一进农场，她的老板就把她喊到他的屋内。她过去了，不知何故，心里又是惊讶又是紧张。

“坐下吧。”他说。她坐了下来。有那么一会，他们肩并肩坐着，心里有些别扭。他们像乡下人那样，看着对方的脸，两个手臂垂在身边，好像不知道该往哪儿放似的。

农场主是个四十五岁的胖男人，开朗而固执，两次丧偶。他显然有些不好意思，他很少会这样。但是他最终下了决心，开始小声地开口说话。他有些犹豫，一边看着窗外，一边说道：“怎么回事儿，萝丝，你就没有想过安定下来过日子吗?”她的脸变得煞白。他眼看她不作答，便继续说道：“你人好，稳重，有活力，又会过日子。哪个男人娶了你作妻子，一定会发财的。”

她一脸惊愕，动也不动。她甚至不去琢磨他话里的意思，因为她已经心乱如麻，好像大祸将至似的。等了片刻，他又继续说道：“你也知道，农场要没个女主人是兴旺不起来的，就算有你这样的佣工也不行。”他停下来，不再说话，也不知道该说什么了。萝丝看着他，就好像面对杀人犯一样，只要他有个小动静，她就会撒腿逃离。等了大约五分钟之后，他问她：“那么，你觉得合不合适?”“什么合不合适，老板?”他很快说道：“什么？就是你嫁给我啊！天啊!”

她纵身站起，随后又瘫坐在椅子上，像中了一击似的。她呆呆地坐在那儿，像个将临大祸却不知道所措的人。农场主最后不耐烦了，说道：“你说，你还想要什么?”她几乎是惊恐地看着他，突然要流出泪来。她用哽咽的声音说了两遍：“不行！不行!”“为什么不行?”他问道。“好了，别傻啦，我让你考虑到明天。”

他很快走出屋子，很庆幸自己终于把这件事办了，他已经为此操了不少心。他确信，明天上午她一定会接受他的求婚，她之前肯定想都想不到他会向她求婚。对他来说，这也是桩好买卖，因为他因此就拥有了这么能干的一个女人，她能给他挣好多钱，可比这一带人家最好的嫁妆还要值。

他们也不用顾忌什么门不当户不对的问题，因为在乡下，每个人都是平等的。农场主和佣工一起干活，佣工最后变成农场主也是常有的事。女工时常变成农场的女主人，生活和习惯却不会有丝毫变化。

那天夜里，萝丝没有睡觉。她衣服也不脱，一屁股坐在床上。她甚至连哭泣的力气都没有了，只是哑然无声地坐着。她一动不动，甚至感觉不到肉体的存在，也无法整理自己的思绪。有几个片刻，她想起发生过的一些事情，又想到可能要发生的事，心里一阵恐慌。她愈来愈感到害怕，厨房里的大钟每敲响一次，她都悲伤得冒一身冷汗。她几乎发了疯，又想起那些可怕的事情。蜡烛烧尽了，她开始怀疑有坏人给她下了魔咒。乡下人总是会有这样的怀疑。她迫切想要跑开，好在噩运到来之前逃离掉，就像在暴风雨来临之前匆忙离开一样。一只猫头鹰在鸣叫，她打了个寒颤，站起来，双手从脸颊拂到头发，又拂过全身。后来她像梦游似的走下楼。月亮就要落下了，皎洁的月光洒遍了田野。她害怕被夜里不睡觉的淘气佣工看到，便弯下腰来。她没有去推开门，而是翻过篱笆出去。一到外面，她就开始启程。她迈着急促跳跃的步子，径直往前小跑，时不时发出一声刺耳的尖叫。长长的身影伴着她，偶尔有一只夜莺从头顶飞过。农场上的狗听到她路过，纷纷汪汪地叫。有一条狗还跳过沟渠，追着她想要咬她。她转过身，冲着它厉声吼叫，吓得它直往后退，悄然缩回狗窝里，一声都不敢再出。

星星渐渐暗淡，鸟儿开始啁啾啼啭，天就要亮了。姑娘精疲力尽，气喘吁吁。朝阳染红天际时，她停下脚步，因为她的双足已经肿胀得走不动了。但是她看到远处有一汪水塘，水塘很宽，污浊的死水倒映着朝阳，如血般鲜红。她一只手捂着胸口，一瘸一拐地走过去，想要把双脚泡在水塘里。她坐在草丛里，脱下沾满泥泞的笨重的鞋子，扯下袜子，把双腿泡到静止的水中，水里到处冒起气泡。

一股惬意的清凉从头到脚漫过她。当她愣愣地盯着深深的水底，她突然觉得一阵眩晕，强烈地想要跳到水里去。这样，她将不会再痛苦，永远不会。她不再惦记着她的孩子，只想要安宁，想要彻底的休息，永远的沉睡。她站起来，抬起手臂，往前走了两步。此时水已经没过她的大腿，她正想一头往水里扎，却突然感到脚踝一阵剧痛，忍不住往后跳。她看到自己的两边膝盖到脚尖都是黑压压的水蛭，长长的，正吮着她的鲜血，肿胀的身子吸附在她的腿上。她不禁恐慌得尖叫起来。她不敢碰那些水蛭，只能绝望地喊叫着。不远处一个赶着马车路过的农民听到了，来到她身边，把她腿上的水蛭一只只拉下来，往伤口上敷了些草药，驾着马车把她送回农场。

她两个星期卧床不起。她起来走动的那天上午，她坐在门外时，农场主突然走过来，站在她面前。“怎么样，”他说，“那件事情应该是想好了吧？”她起初没有回答，但他一直站在她跟前，用犀利的双眼热切地看着她，她不得不吞吞吐吐地说：“不，老板，我不能。”这一下就让他火冒三丈。

“你不能，姑娘，你不能？我倒是想知道，为什么不能？”她开始哭起来，不断重复说：“我不能。”他看着她，愤怒地喊道：“这么说来，你就是已经有情人了？”她羞愧得浑身打颤，回答道："算是吧。"

他脸红得像罂粟一样，愤怒得话都说不清。"啊！你承认了，你这骚货！告诉我他是谁？要我猜，他是个身无分文，饭都吃不饱，连个屋子都没有的收破烂的吧？快告诉我，他是谁？"她不回答，他又继续说道："好！你不说，那我来替你说。是不是让·博迪？""不，不是他。"她喊道。"那就是皮埃尔·马丁？""不，不是的，老板。"

他气呼呼地把附近的年轻人都提了个遍，她一个个都否认了，不停地用她蓝色围裙的裙角擦掉眼泪。但他仍不依不饶地盘问，像往常一样，固执得有些残忍。他刮着她的心门，想要探出她的秘密，就像猎犬嗅到动物躲在洞里，于是刨着洞口，想要把它逮住一样。突然，他吼道："我晓得了！是雅克，去年他在这边干活的。他们总说你们总在一起聊天，还打算要结婚！"

萝丝噎得说不出话，脸变得通红。她的眼泪突然不掉了，停在她的脸颊上，就像水滴落在火红的铁块上，一下就变干了。她大声说道："不，不是他，不是他！""真的吗？"狡猾的农场主似乎猜到一些实情，追问起来。她匆忙回答道："我发誓，我向你发誓……"她想着以什么名义发誓，因为她不敢扯到什么神圣的东西。但他打断了她："不管怎么说，他总是到处黏着你，吃饭的时候直勾勾地盯着你，像是要把你吃掉一样。你有没有答应过嫁给他，嗯？"

这下她直直地看着老板的脸，说："没有，从来没有，从来没有。我可以向你郑重发誓，就算他今天要来求我嫁给他，我也不会瞅他一眼。"她说话的口气如此诚恳，让农场主犹豫起来。他像是自言自语一般，继续说道："奇怪，这么说来你没有像人们说的那样，遭遇什么不幸，不然大家都会知道的。没有哪个姑娘会拒绝嫁给自己的老板啊，这又没有什么坏处。不管怎么说，这事情一定有蹊跷。”

她没有说话，也没有力气再说什么。他继续问道：“你真的不愿意吗?”“我不能，老板。”她叹了口气，说道。他转身走开了。

她以为已经摆脱他了，这一天接下来的时间里，她几乎过得很平静，但是她却感到精疲力竭，好像替白马干了一天拖打谷机的活儿似的。她早早地去上床，一躺下就睡着了。半夜，她被一双在她床上摸索的手惊醒了。她吓得直打哆嗦，但很快认出了她老板的声音。他对她说：“别害怕，萝丝。我来和你说说话。”她起初很惊讶，但当他开始对她亲昵起来，她明白了是怎么回事，剧烈地打颤。她还没有从睡意中清醒。黑暗中，这个男人站在她身边，她感到孤立无援，无依无助。她当然不应允，但对他那股简单又强烈的本能欲望，她却只能无力地挣扎反抗。她动弹不了，浑身无力，心里又是一片混乱，根本就没法保护自己。她的脸一会转向墙壁，一会转向外面，就是为了避开和农场主接吻。她最后疲惫得不剩一点力气，而他却变得气势汹汹，沉醉在欲望里。

他们开始像夫妇一样生活在一起。一天早上，他对她说：“我已经贴了结婚预告，我们下个月就结婚吧。”

她没有回答。她能说什么呢?她也没有反抗，她还能怎样呢?

Ⅳ

她嫁给了他。她觉得自己就像是在一个大坑里，走不到边缘，永远也不能逃出去。各种噩运悬在她头顶，就像巨大的岩石，时机一到，就会砸下来。在她心里，她的丈夫就是被她掠劫的人，迟早会有一天发现真相。她又想起她的孩子。他给她带来不幸，但也是他，给她带来生活里所有的快乐。她每年去看他两次，但是每次回来就变得更加郁郁寡欢。

然而她渐渐地适应了自己的生活。她的恐惧渐渐减轻，心里也安定下来，不再提心吊胆，尽管还是有些隐隐约约的担忧。就这样过了几年，一直到她的孩子满了六岁。她如今也算是幸福的了，但是农场主的脾气突然变得很暴躁。

两三年来，他心里似乎埋着一股不为人知的焦虑。他心头有个烦恼压着，越压越重。吃完饭后他还坐在桌边，双手抱着脑袋，被痛苦吞噬着。他说话总是恶狠狠地，有时甚至出口伤人。他甚至好像对他的妻子充满了怨恨，因为他时常粗鲁地回她的话，几乎是带着怒气。

有一天，邻居的孩子过来取鸡蛋。当时她正忙得不可开交，对那个孩子说话的口气有些冲。她的丈夫突然走进来，狠狠对她说："如果这是你自己的孩子，你铁定不会这样对他!"她很伤心，什么也没有说。后来她回到房间里，她所有的伤痛都重新苏醒了。吃饭的时候，农场主不和她说一个字，连看都不看她一眼。他似乎最终知道了一些事情，开始怨恨她，瞧不起她。她因此变得很焦躁，吃完饭后也不敢和他单独相处，而是走出屋子，赶往教堂。

天色渐晚，狭小的教堂里一片黑暗，但是她听到唱诗席上有脚步声，是圣器守司在准备点亮礼拜堂的夜灯。这盏颤颤巍巍的灯淹没在教堂顶上的黑暗里。在萝丝眼里，它就是自己最后希望的象征。她盯着那盏灯，噗咚一声跪到地上。小灯在风中摇晃着，绳索发出当啷的声响。紧接着，祈祷的钟声响起，穿透渐浓的暮霭。守司正要走出去时，她走到他跟前。

“神父先生在家吗?”她问。“当然在家，这会正是他吃晚饭的时候。”她来到神父家门口，战战兢兢地敲响门铃。神父正要坐下吃饭，让她也坐下来。“是，是，我都知道。你要来和我说的事情，你的丈夫已经和我说过了。”这可怜的女人差点晕掉。神父继续说道：“你要怎么办，我的孩子?”他匆匆忙忙喝了几口汤，几滴汤水滴到他油乎乎的长袍上。萝丝不敢再说什么，起身要离开了。神父说道：“你要勇敢。”

她走出来，回到农场上，不知道该怎么办，农场主在等着她。她走后，佣工们都走了。她重重地跪在他跟前，泪如泉涌，向他问道：“你对我有什么不满的吗?”

他开始又喊又骂：“我对你有什么不满？我没有孩子，他妈的！男人娶了老婆，可不是想和她一起孤独终老的。我对你不满的就是这个。母牛要是不生崽，就不值几个钱。女人不生孩子，她也一无是处!”

她开始哭起来，说道：“那不是我的错！不是我的错!”听到这，他变得温和了许多，说道：“我没有说是你的错，但不管怎么说，这还是很让人心烦。”

V

从那天开始，她的心里只有一个念头：生一个孩子，另生一个孩子。她把这个心愿告诉所有人。她的邻居知道后，告诉她一个方法，说一定有用。那就是，每天晚上捏一小撮灰烬，搅到水里，让她的丈夫喝上一杯。农场主答应试一试，但是却不见功效。他们想："是不是还有些什么偏方？"于是他们开始到处打听。听说十里格外有个牧羊人有偏方，于是瓦兰赶着马车，去向他询问。牧人给了他一条面包，面包上有他做的一些标记。面包里揉了些草药，吃一口草药，就吃一小片面包。但是他把整条面包都吃光了，还是没有任何效果。

接着，一个小学校长向他们透露了一些秘密的房事方法，还说这些方法乡下人都不知道，但是屡试不爽。但是这些方法没有一个对他们有用。后来神父建议他们去费康的神殿朝圣。萝丝随着人群，匍匐在修道院里，在周围农民们粗哑的祷告声中，她祈祷自己能再次怀上孩子，但是这些努力都是徒劳。她开始想，是因为她先前犯了错误，现在才遭报应，这想法让她极为悲伤。她总在痛苦中度日，而她的丈夫也早早地衰老，抱着无用的希望，身心俱疲。

后来，他们开始不停地起争执。他对她又打又骂。他们成日争吵，晚上单独在房间里，他气得喘不过气，吼着羞辱污秽的话语，对她破口大骂。有一天夜里，他想不到什么招再来折磨她，就命令她起来到门外淋雨，一直淋到天亮。她不听从，于是他扼着她的脖子，抡起拳头打她的脸。她一声不吭，动也不动。他恼怒得弯膝顶在她的肚子上，咬着牙，像发疯似的，愤怒地打她。她在绝望中开始反抗起来，奋力把他推到墙上，坐起身来，用变得嘶哑的嗓门低声说道："我生过一个孩子，我生过一个孩子！我和雅克生的。你也认识雅克。他答应要娶我，但是他没有说到做到，离开这里了。"

他大吃一惊，几乎说不出话来，但是最后他还是含糊不清地问道："你说什么？你刚刚说什么？"她于是开始抽泣，泪眼模糊地说："就是因为这个我才不愿意嫁给你。我不敢告诉你，因为我害怕丢了工作，让我的孩子挨饿。你没有过孩子，你不懂，你不懂！”

他更加震惊，机械地重复问道：“你有个孩子？你有个孩子？”

“你强行占有了我，这点你是清楚的吧？我并不想嫁给你。”她继续抽泣着说。

他站起来，点了蜡烛，双手放在身后，开始在屋里踱来踱去。她蜷缩在床上哭着，突然他在她面前停下，说：“这么说，你没有怀上孩子，是我的错了？”她不作答。他又开始踱来踱去，一会又再停下来，继续问道：“你的孩子多大了？”“六岁了。”她细声说道。“你怎么没有跟我提过他？”她叹了口气，说：“我怎么能说？”

他依然站着，一动不动。“来，起来。”他说。她费力站了起来。她一站到地上，他就突然发自内心地笑起来，像在以往的好年岁里一样笑得很开心。看着她一脸惊愕，他说：“太好了，我们就去把那孩子接过来，我们反正也是生不了。”

她吓坏了，如果还有力气，她一定会逃跑。但是农场主搓着双手，说道：“我本就想领养一个，现在我们找到了。我老早就在打听哪有孤儿可以领养了。”

接着，他还是笑意盈盈地，吻了吻他妻子的双颊。她还在抽泣着，焦躁不安。他像是害怕她听不到一样，大声喊道：“走，孩子他妈，我们去看看汤还剩不剩，我能喝下一大盆呢！”

她穿上裙子，和他一起走下楼。她跪在炉子边，在煮锅下生火。他继续在厨房里踏着大步转悠，重复说着：

“好啊，我真是太高兴了。我可不是说说而已，我很高兴，真的太高兴了。”

蓝胡子和他的七个妻子

［法］法朗士

林　敏译

第一章

大家都知道蓝胡子，关于他的传说，历来都是千奇百怪，众说纷纭，更有甚者，有人竟然称这位先生为太阳的化身，真是没有比这个更站不住脚的说法了。四十多年前，为了研究此事，曾有学校专门研究比较神话学。该研究宣称蓝胡子的七个妻子都是曙光，他的两个小舅子是朝霞和晚霞，就和把被忒修斯[①]抢走的海伦[②]放走的狄俄斯库里兄弟[③]一样。我们有必要提醒那些轻信

① 忒修斯（Theseus）：传说中的雅典国王，曾劫持过海伦。

② 海伦：天神宙斯和斯巴达王后勒达的女儿，希腊神话中的美女。

③ 狄俄斯库里：又称卡斯托耳和波鲁克斯，源自希腊语Dioskouroi（宙斯之子）。古希腊罗马神话中的孪生神。他们援救遇难船员，受人们祭献牺牲而赐予顺风。后来宙斯把他们放在天上，成为双子星座。是海伦的哥哥。

这种说法的读者，在一八一七年，阿让[1]博学的图书馆长，让·巴蒂斯特·佩雷斯，曾用貌似可信的方式，证明拿破仑从未存在过，这位虚构的伟大领袖，只不过是太阳神的神话传说而已。尽管这个笑话编得巧妙，可以供人消遣娱乐一番，但我们坚信蓝胡子和拿破仑一样，都确有其人。

另外还有一种不合理的假设，认定蓝胡子是德·莱斯元帅[2]，他于一四四〇年十月二十六日在南特桥上被依法绞死。我们无需像萨洛蒙·雷纳克先生那样去调查，元帅是否犯下被指控的罪行，或者是元帅的财富是否被一位贪婪的亲王所觊觎，这与他的死亡是否有关系等等。但是，不管怎么说，元帅的生平与蓝胡子都毫无相似之处，光凭这一点，我们就不可能把二者混为一谈了。

大约在一六六〇年，夏尔·佩罗[3]成功地写出了这位庄园主的第一部传记。这位庄园主因为娶了七位妻子而闻名天下，作者把他刻画成老谋深算的恶棍，以及有史以来心狠手辣的最佳代表人物。先不说作者是否有诚意，仅仅是他的写作素材真实与否就值得怀疑。作者可能对他笔下的男主角抱有成见，当然，他肯定

---

① 阿让：法国西南部城市，洛特-加龙省首府。

② 德·莱斯（1404—1444），欧洲历史上著名的黑巫师。英法百年战争时期是法国民族英雄圣女贞德的战友，曾被誉为民族英雄。后来他希望借由血来发现点金术的秘密，折磨致死大约300名儿童，最后被施以火刑。他也是《格林童话》中《蓝胡子》的主角蓝胡子的可能原型人物之一。

③ 夏尔·佩罗（1628—1703），法国诗人、文学家。他是一种全新文学派别——童话的奠基者，以童话集《鹅妈妈的故事》闻名于世，其中有《灰姑娘》、《蓝胡子》、《小红帽》等脍炙人口的佳作。

不是第一个喜欢抹黑笔下人物的诗人或者历史学家。如果说塔西佗[1]在描述提图斯[2]时大加赞赏，那么从另一方面来看，我们就会发现塔西佗对提笔略[3]则是大加诽谤的。传说中的麦克白本来就是被歪曲的人物形象，莎士比亚曾经控诉他犯下诸多罪行。实际上，他却是一位公正贤明的国王，从未背信弃义，更没有谋杀老国王邓肯。邓肯年轻时曾在一次大战中战败，第二天人们就发现他死在一个叫做“枪炮店”的地方。后来，麦克白让苏格兰繁荣起来，他鼓励商业发展，并且实行保护工匠的政策，他的统治才能胜过邓肯，被认为是中产阶级的保护者，是人民真正的国王。他的一系列举措伤害了贵族们的利益，贵族们对他怀恨在心，不仅杀害了麦克白，还诋毁他的名誉。贤明的国王麦克白死后，他的敌人捏造的故事，成了人们了解麦克白为人的唯一途径，莎士比亚的写作才华，又使得人们相信了这些谎言。长期以来，我一直怀疑蓝胡子也是类似不幸的受害者。我找到所有与蓝胡子人生经历有关的材料，不断研读，但这些都远远不能满足我的需求，也不能满足我寻求逻辑和弄个明白的渴望。研读之后，我发现这些材料中有许多难以解释的疑点，写这些材料的人，越是希望我相信这个人的残忍，我就越是觉得疑点重重。

我的预感没有错。我的直觉源自于对人类本性的了解。不久

---

① 塔西佗（Tacitus）（约 55—120），古罗马伟大的历史学家。

② 提图斯（Titus）（约 41—81），罗马帝国弗拉维王朝的第二任皇帝，79 年—81 年在位，当时受到人民的普遍爱戴。

③ 提笔略（Tiberius）（公元前 42—公元 37），罗马帝国的第二任皇帝，14 年—37 年在位。他个性严苛，执政后并不受人民的普遍爱戴。在罗马古典作家的笔下，他的形象暴虐好色，但近代学者根据帝国多年的安定景象与文献铭刻，重新为他翻案。

我的预感成真，我找到了确凿的证据，在圣约翰德布阿[①]的一个石匠家里，我找到一些与蓝胡子有关的文件。文件中有他的家庭日记，还有一份控告杀人凶手的匿名诉状，但是不知道出于什么样的原因，这份诉状没有了下文。这些文件让我更加确信，蓝胡子是一个善良而不幸的人，卑鄙的诽谤诋毁了他死后的名声。从那时起，我觉得我有责任把关于他的真实历史写出来，不去幻想这样做会给自己带来怎样的成功。我很清楚，试图恢复蓝胡子的名誉，困难重重，这件事注定要在沉默中被人们所遗忘。平淡的赤裸裸的真相，怎么可能斗得过有着迷人面孔的谎言呢？

第二章

大约在一六五〇年，在贡比涅[②]和皮埃尔丰[③]之间，住着一位名叫贝尔纳·德·蒙特拉古的富有贵族。他的祖先曾在宫廷里担任过要职，但是他却住在远离宫廷的地方，过着平静的隐居生活，不为国王所注意。他的基莱特城堡里满是名贵家具、金银器具、挂毯和刺绣品，这些物品被他放在金库里，不是因为害怕用坏了，恰恰相反，他是个慷慨大方的人，而是别有用途。在那时候，待在外省的贵族们乐于过简朴的生活，他们和下人同桌用餐，星期天和村里的姑娘们一起跳舞。

但是在某些场合，他们也会举办盛大的庆祝活动，这和平日

---

① 圣约翰德布阿：位于法国下诺曼底地区奥恩省的阿让唐区。

② 贡比涅：法国城市，位于皮卡第大区瓦兹河畔，距离首都巴黎东北 80 公里处，是瓦兹省的首府。

③ 皮埃尔丰：位于法国巴黎北部的贡比涅森林的东南部边境城市。

里沉闷乏味的生活形成了鲜明的对比，为了让活动精彩纷呈，他们有必要预备一套名贵气派的家具和一些精美的挂毯，蒙特拉古先生也不例外，他早有准备。

蒙特拉古先生的城堡建于哥特时期，城堡具有哥特式建筑的粗犷风格。城堡从外表看上去非常粗糙阴暗，还保留着巨大塔楼的残垣断壁，这是在先王路易时期的内乱中被破坏的。城堡里面的景象则要让人赏心悦目得多，房间都是按照意大利的风格装饰，一楼宽阔的长廊两边挂满了浮雕、绘画和镀金饰品。长廊的尽头有一间小陈列室，人们称之为“小房间”，夏尔·佩罗就是这样叫它的。它也被人称作“受难公主陈列室”，因为房间的墙上挂着一位佛罗伦萨画家的绘画作品，绘画内容都是神话故事中的悲剧女性人物：太阳神的女儿狄耳刻[①]被安提俄珀[②]的儿子们

---

① 狄耳刻：曾虐待安提俄珀，后来被安提俄珀的儿子绑在公牛角上拖死。

② 安提俄珀：希腊神话中底比斯国王尼克透斯的女儿，她的美貌让主神宙斯动心，化身使她受孕。尼克透斯发现女儿怀孕后，打骂女儿。女儿不堪忍受羞辱，逃往西斯安纳，并嫁给了国王厄布波斯。尼克透斯听到这个消息，羞愤自杀，死前嘱咐弟弟里戈斯向安提俄珀和厄布波斯复仇。里戈斯进攻西斯安纳，厄布波斯兵败被杀，安提俄珀则被抢回后押送回国。回国途中，生下孪生兄弟，被迫抛弃了他们。孪生兄弟被牧羊人捡回家，分别取名为安菲翁和仄忒斯。安提俄珀回国后，受尽里戈斯的王后狄耳刻的虐待，过着痛苦不堪的日子。十八年后，安提俄珀逃走后，找到自己的孪生儿子。儿子为她复仇，将狄耳刻绑在公牛角上拖死。

捆在公牛的角上；尼俄柏[①]的孩子们被神箭射死，她在西皮洛斯山[②]上为他们哭泣；克法罗斯[③]的标枪投向普罗克里斯[④]的胸膛……作品逼真深刻，人物栩栩如生，斑岩石板铺就的地板，好像被这些不幸女人的鲜血染红了一般。这间陈列室的其中一扇门正对着护城河，不过护城河已经干涸了。

离城堡不远处有一座奢侈豪华的马厩，马厩可以同时容纳六十匹马，还有一个可停放十二辆镀金四轮大马车的车库。不过基莱特城堡的迷人之处，并不在此，而在于环绕于其周围的森林和运河，人们可以沉醉在垂钓和狩猎的乐趣之中。

当地居民只知道蒙特拉古先生叫蓝胡子，这个名字是当地居民送给他的绰号。实际上，他的胡子确实是蓝色的，之所以是蓝色的，只是因为胡子太黑，黑得过分就发蓝了。你不要把蒙特拉

---

① 尼俄柏：底比斯国王安菲翁的妻子，因为生下七子七女而十分自豪，傲慢地嘲笑太阳神阿波罗的母亲勒托只生了一儿一女，还阻止底比斯人向勒托贡献祭品。女神勒托为此大怒，命令儿子阿波罗用箭射死尼俄柏七个儿子，女儿阿尔忒弥斯射死尼俄柏七个女儿。尼俄柏为此整日哭泣，主神将她变成了石像。

② 西皮洛斯山：位于小亚细亚中西部古国吕底亚（公元前1300年或更早—公元前546年），临近爱琴海，位于今天土耳其的西北部。

③ 克法罗斯：希腊神话中的猎神。

④ 普罗克里斯：希腊神话中猎神克法罗斯的妻子。晨光女神厄斯抢走了猎神，并设计让猎神考验妻子是否忠贞。猎神变成陌生人，用财宝引诱了普罗克里斯，然后指责她不忠。普罗克里斯逃到克里特岛，做了月神阿尔忒弥斯的随从。阿尔忒弥斯给了普罗克里斯百发百中的投枪和一条神犬，并把她变为少女。普罗克里斯回家后，用投枪作为诱饵，重演了变心的故事。骗局被拆穿后，二人和好如初。但是普罗克里斯仍然怀疑丈夫不忠，在他狩猎时暗中跟踪，结果被猎神克法罗斯用百发百中的投枪所误杀。

古先生想成是雅典的堤丰[1]，堤丰有着浓密靛蓝的胡须，是个满脸狰狞的恶魔。基莱特城堡的这位庄园主，和刚刚刮过脸、下巴上泛着蓝光的演员或者牧师差不多。

蒙特拉古先生没有像他的祖父一样把胡子修得尖尖的，他祖父在亨利二世[2]的宫廷里当过差；也没像他的曾祖父一样把胡子修成扇形，他的曾祖父在马里尼亚诺战役[3]中战死。他和蒂雷纳先生一样，下巴上只留了一点小胡子。他的脸颊看起来好像是蓝色的，但是不管怎么说，这位善良的绅士没有因此而变得难看，也不会让人看上去觉得害怕，只是显得更有男子汉气概。尽管这会让他看起来有一点凶狠，还好，不至于让女人为此而讨厌他。

贝尔纳·德·蒙特拉古先生体格健壮，身材高大，肩膀宽阔，胖瘦适中，相貌堂堂，虽然看上去有点土气，身上的森林气息比沙龙里的香水味都要浓烈。可是事实上，他并没有那么讨女人欢心，虽然说，从他的长相和财富来看，他本该很讨女人欢心的。他不讨女人欢心的根本原因，是因为他胆怯害羞，而不是因为他的胡子。女人对他而言，既有难以抵挡的诱惑，又有一种无法克服的恐惧。当他与一位女士初次见面的时候，不管这位女士对他多么有吸引力，他宁死也不肯开口和这位女士说说话，他只是站在这位女士面前，腼腆拘谨，一言不发。转动的眼睛暴露了他内心的真情实感，但是看上去又让人觉得十分可怕。他的胆怯害羞让他历经种种不幸，尤其是让他无法和端庄大方的女性正常

① 堤丰：希腊神话中象征风暴的妖魔或巨人。

② 亨利二世（1519—1559），法国瓦卢瓦王朝国王，于 1547 年到 1559 年在位。

③ 马里尼亚诺战役：法国军队与米兰公爵属下的瑞士雇佣军于 1515 年 9 月举行的一次会战。

交往，又让他无法抵抗放荡女人的致命诱惑，这，正是他人生不幸的根源所在。

蒙特拉古先生年幼时就成了孤儿，加上他无法克服对女性的害羞和恐惧心理，使他错过了不少门当户对的好姻缘，最后娶了科莱特·帕萨茹小姐，这位小姐刚到本地定居不久，靠到各地耍熊攒下了一点钱，蒙特拉古先生全心全意地爱着这位小姐。平心而论，这位小姐也有讨人喜欢的地方，比如，她长得俊俏，胸脯丰满，皮肤健康，尽管在户外被晒黑了点。刚结婚那会儿，她为自己成为贵妇而高兴坏了，对什么都感到无比惊喜。丈夫地位尊贵，体格健壮有力，对她又百依百顺，如同奴仆一般，而且疼爱他的爱人，为此她感动不已。但是没过几个月，她就厌倦了这样的生活，因为她不能像以前那样，过着自由自在的生活。她虽然拥有财富，又被丈夫宠爱，可是她唯一的乐趣，是去地窖找她流浪时的伙伴，也就是那只熊。熊在地下室里，它的脖子上拴着一根链子，鼻子上挂着铁环，一副没精打采的样子。科莱特抱着熊，亲吻着熊的眼睛，黯然神伤，独自落泪。蒙特拉古先生看到科莱特闷闷不乐，自己也变得忧心忡忡，他的情绪变化让妻子更加忧郁。蒙特拉古先生对妻子体贴入微，反倒让妻子感到不堪其烦。有一天早晨，蒙特拉古先生醒来后，发现科莱特没有睡在他的身边，他找遍了整个城堡，也没寻见她的踪迹。后来，他发现受难公主陈列室的门开着，这才恍然大悟，科莱特带着她的熊从那间小房间跑了出去。蓝胡子见此情景悲痛欲绝，虽然他派了许多人去找她，但是科莱特·帕萨茹一直杳无音讯。

从那以后，蒙特拉古先生只要一跳舞，就会想起科莱特，就会为她伤心哭泣。

后来，在基莱特城堡的一次聚会上，贡比涅警察中尉的女儿让娜·德·拉克洛施让他一见钟情，爱火重燃，于是，蒙特拉古先生就勇敢地向她求婚，这位女士立即就答应了。拉克洛施有了这么一个嗜好，酗酒成性，喝酒过量，所以没过几个月，她就变得跟装酒的羊皮袋一样，臃肿发红了。更糟糕的是，这个羊皮酒袋会发疯，她在房间里和楼梯上滚个不停，又是哭，又是骂，还打嗝，走到哪吐到哪，吐得到处都是，嘴里嘟嘟囔囔骂个不停。蒙特拉古先生看到这样的场景目瞪口呆，觉得既恶心又恐惧，但是他很快让自己冷静下来，鼓起勇气，耐心而坚定地帮助妻子治疗酗酒这种令人讨厌的恶习。恳求、规劝、祈祷、威胁，他用尽了各种办法，但是无济于事。他禁止妻子去酒窖喝酒，他妻子就去外面弄酒喝，结果喝的更凶。

为了让妻子戒掉酗酒的恶习，蒙特拉古先生往酒瓶里放了缬草根①，他妻子以为他要毒害自己，就丧心病狂地跳到他身上，用菜刀捅进他的肚子，足有三英寸深。蒙特拉古先生本以为这一刀会要了他的命，即便这样，他却还是保持着善良的本性，说："她是该受到责备，不过也很可怜，值得同情。"有一天，蒙特拉古先生忘了关受难公主陈列室的门，让娜·德·拉克洛施像往常一样又喝得醉醺醺的，她不小心走了进去。她看见墙上画着的那些女人，看到那些女人临死前的痛苦形状，误以为她们是活人，吓得惊慌失措，魂飞魄散，于是，她跑到外面，大喊救命。她听见蓝胡子叫她，也看见蓝胡子追她，但她已经被吓得疯疯癫癫，摔进了池塘，结果淹死了。这真是让人难以置信，但是事实又确实如此。她的丈夫心地善良，为她的死而痛苦不已。

---

① 缬草根：在药理学和本草疗法中是一种草药，有镇静和抗焦虑的作用。

事故发生后六个星期，他不声不响地娶了吉戈妮，他管家特雷涅尔的女儿。吉戈妮平常脚穿木鞋，身上散发出一股洋葱味。她长得是漂亮，就是有只眼睛有点斜视，还有条腿有点瘸。刚一结婚，这个放鹅的姑娘就被愚蠢的野心所吞噬，什么都不想要，偏偏想要荣华富贵。她老是嫌弃自己锦缎裙子不够雍容华贵，珍珠项链不够贵重，钻石不够大，四轮大马车上金镀的不够多，湖泊、森林、土地不够广阔。蓝胡子从来就没有什么雄心壮志，他对妻子的想入非非感到担心不已。他不知道是该责怪自己安于现状，还是该埋怨妻子好高骛远。他满腹狐疑，矛盾重重，有时规劝妻子应该知足常乐，有时又激励自己应该险中求贵。他为人一直谨慎，但是夫妻感情让他丧失了理智，很多时候，他处在纠结之中。吉戈妮别无所求，只想出人头地，出入宫廷，成为国王的情妇，最终未能如愿以偿，便恼羞成怒，日渐消瘦憔悴，后来得了黄疸，不久以后病逝。蓝胡子哀痛难过，把妻子风光大葬，还为她修了一座宏伟壮观的坟墓。

这位善良的庄园主家庭屡遭不幸，他已经灰心沮丧，可能再也不会选择妻子了。但是布朗什·德·吉伯梅克斯小姐却愿意让蓝胡子成为自己的丈夫。她的父亲是一位骑兵军官，仅有一只耳朵，据他本人说，是在为国王服役期间失去的。这位小姐聪明伶俐，可是她的聪明才智都用来欺瞒自己的丈夫了。她和附近的世家子弟们勾搭，狼狈为奸，一起欺骗自己的丈夫。她善用心计，在蓝胡子的城堡里，几乎就是在她丈夫的眼皮子底下公然行骗，还让她丈夫无法察觉。可怜的蓝胡子确实也有所怀疑，但是就是说不出有什么地方不对劲，也就不了了之。不幸的是，她把全部心思都用来欺骗丈夫，却忽略了自己的情人，她总是移情别恋，却没有注意欺瞒，终于东窗事发。有一天，她和她当时所爱的一位绅士在受难公主陈列室里幽会，被另外一位她曾经爱过的绅士当场抓住。后者醋意难捺，一怒之下用自己的剑刺死了吉伯梅克斯。几个小时之后，城堡的一个佣人发现这位不幸的夫人死在小房间里。从此，这间屋子变得更加令人恐惧了。

可怜的蓝胡子得知了这件丑闻和妻子惨死以后，大受打击，妻子的惨死并不能让他对丑闻释怀。他深爱着布朗什·德·吉伯梅克斯，这爱要胜过他对让娜·德·拉·克洛施和对吉戈妮·特雷涅尔的爱，甚至比对科莱特·帕萨茹的爱还要热烈，但是，为什么，布朗什·德·吉伯梅克斯要骗他，他百思不得其解。他得知吉伯梅克斯一直在骗他，而现在再也没法骗他了的时候，他不但没有因此感到些许欣慰，反而觉得更加悲痛不安，这种情况一天比一天严重。他无法忍受这种苦难，以致身患疾病，对生活丧失了信心。

医生们用尽了各种药物都毫无疗效，就建议蓝胡子，治病的唯一药方就是娶一位年轻的妻子。于是，蒙特拉古先生想到自己年轻的表妹，安瑞尔·德·拉加朗蒂娜。由于小表妹没有财产，他认为表妹会心甘情愿地嫁给他，而他之所以有勇气娶小表妹为妻，是因为人们都说他表妹天真无邪。他曾被聪明的女人骗的团团转，心想和一个傻女人在一起总能让他放心吧。他娶了安瑞尔·德·拉加朗蒂娜之后，很快发现他打错了如意算盘。安瑞尔善良，安瑞尔听话，安瑞尔爱他，安瑞尔毫无邪念，但是她毫无防备，最没头脑的人都可以随时让她误入歧途。只要有人对她说：“做这个，否则会有妖怪，来这儿，要不狼人会吃了你。”或者说：“闭上眼睛，吃下这粒药。”她都会不假思索地照做。她长得漂亮，流氓自然贪图她的美色，而这个单纯无知的姑娘则会马上按照流氓的指示行动。这个天真无知的姑娘，让蒙特拉古先生饱受伤痛和背叛之苦，甚至比布朗什·德·吉伯梅克斯带给他的痛苦还要多。因为安瑞尔生性坦率，从不对他有任何隐瞒，这让蓝胡子痛上加痛。她常常告诉蓝胡子："先生，有人对我这样做过；有人对我那样做过；我看见那个了；我感觉是这样的……"她的直率，对她的丈夫来说是难以承受的折磨。他就像一个禁欲者一般，忍受着。但是最终他忍无可忍，大骂安瑞尔这个蠢货是个笨蛋，还打了她几个耳光。从此，他就开始有了残忍的坏名声。有一天，蒙特拉古先生正好外出打丘鹬[①]了，一个行乞的修道士路过基莱特城堡，发现安瑞尔夫人正在给洋娃娃缝制裙子。这个善良的修道士发现，她有多漂亮就有多愚蠢，引诱她说天使加百利[②]正在树林里等她，要给她珍珠做成的吊袜带，然后就用毛驴把她给驼走了。从那以后，人们再也没有见过安瑞尔，大家一致认为她被狼给吃了。

蓝胡子在经受一系列的惨痛遭遇之后，叫他怎么才能够下定决心再结良缘？但是明眸善睐对一颗仁慈宽厚的心会有多么大的威力，不懂风情的人是无法理解的。

在那个蓝胡子常去的邻近的城堡里，这位诚实的绅士遇见了一位身份显赫的年轻女士，名叫阿里克斯·德·蓬塔尔森，她是个孤儿，年幼时失去双亲。她所有的财产都被一个贪婪的监护人给抢走了，而她只想进修道院。爱管闲事的朋友们横加干涉，劝她改变决心，接受蒙特拉古先生的求婚。阿里克斯·德·蓬塔尔

---

① 丘鹬：又名大水行，山鹬。广布于北美洲、欧洲和亚洲大部分地区。身体羽毛以淡黄褐色为主。大多栖息在潮湿、阴暗、落叶层厚的混交林和阔叶林中。

② 天使加百利：七大天使之一，为报喜天使，替上帝把好消息报告给世人。

森小姐是个绝世美女，蓝胡子指望自己在她怀里会得到无比的幸福，但他的希望又一次破灭了。这一次婚姻让他失望透顶，比他前几次婚姻所带来的痛苦还要多，还要大。阿里克斯·德·蓬塔尔森虽然同意结婚，但是却坚决不与他行夫妻之事，蒙特拉古先生强迫她，但是失败了。她无视丈夫的恳求、眼泪和谴责，连丈夫最轻柔的爱抚都不肯接受。她把自己关在受难公主陈列室里，一直独自待在里面，不与人接触。

对于蓬塔尔森小姐这种不合天理人伦的反抗，人们实在不知道是什么原因，只好归咎于蒙特拉古先生的蓝胡子，但是我们之前评论过他的胡子，这种假设又不大合情理，不至于出现这种状况。总之，这个话题属于个人隐私，不便讨论，可怜的蒙特拉古先生不得不忍受着最残忍的折磨。为了忘却痛苦，他拼命打猎，把马、猎犬和管猎犬的佣人都累得精疲力尽。他一回到家，已经累得东倒西歪了，可是只要看一眼蓬塔尔森小姐，他就马上生龙活虎起来，同时折磨也随之而来。最后，他忍无可忍，向罗马教廷申请解除婚约，说他的婚姻就是个骗局。罗马教皇考虑到，蓝胡子送了一份大礼，就答应了他的请求，根据教会法解除了他的婚约。如果说蒙特拉古先生在打发蓬塔尔森小姐走的时候，并没有用手杖抽打这位女士的背，他依然保持着对一位女士该有的尊敬，那是因为他有着高尚的灵魂和一颗伟大的心，他控制着自己的情绪，如同掌管基莱特城堡一样。他发誓，从今以后不准任何女人踏进他的房门。如果他能一直信守誓言的话，那他就可以永远幸福了。

第三章

蒙特拉古先生摆脱掉第六任妻子后，又过去了好几年，时间让人们淡忘了过去发生的事情，对于降临到这位善良庄园主身上的家门不幸，周边的人只保留着一点模糊的记忆。没有人知道他的妻子们结局到底如何，于是，各种各样的传说沸沸扬扬，不胫而走。人们在夜晚听到这些传说，都会不禁毛骨悚然。对于蓝胡子的各种传说，有人相信，有人不信，有人半信半疑。

这时候，有一个老寡妇，西多妮·德·莱斯布阿斯夫人，和她的孩子们一起来到小城堡莫特·吉隆定居，那里离基莱特城堡的直线距离只有两里格[①]。没有人知道她来自何方，也不知道她的亡夫是个什么人。有人听说，她死去的丈夫曾在萨瓦[②]或者西班牙担任过职务，也有人说她的丈夫死在了印度。许多人猜测这个寡妇拥有不少地产，也有人对此深表怀疑。但是，不管怎么说，这位夫人活得很有贵族风范，一来到莫特·吉隆城堡，她就邀请了周围所有的贵族到莫特·吉隆做客。她有两个女儿，大女儿安娜，将近二十五岁了，快成老处女了，是个非常精明的姑娘，小女儿让娜，正值适婚年龄，单纯的外表掩饰了她内心的早熟。除两个女儿外，莱斯布阿斯夫人还有两个儿子，一个二十二岁，一个二十岁，都是长相英俊、身材匀称的小伙子，一个是龙骑兵，另一个是火枪手。我要加一句，我见过那个小儿子的委任

---

① 里格（League）：长度单位，是陆地及海洋的古老测量单位，等于 3.18 海里，相当于 4.8 公里。里格通常在航海时运用。

② 萨瓦：法国东南部省名。东与意大利接壤。面积 6028 平方公里。首府尚贝里。地处阿尔卑斯山区，地势东高西低。

状，他是一个黑火枪手。黑火枪手和灰火枪手在步行的时候，一般人看不出有任何区别，因为他们穿的都是装饰有金边的蓝色外套，所以不是靠制服的颜色来区别不同之处，而是靠马的毛色来区分。至于龙骑兵，得靠他们头上戴的皮帽才能辨认出来，皮帽的帽带垂在耳朵上，很有骑士风度。龙骑兵有着流氓无赖的名声，是一群饭桶废物，有诗为证：

“妈妈，龙骑兵来了，

我们赶紧跑。”

但是，如果想在国王陛下的两支龙骑兵团中，找出比克斯姆·德·莱斯布阿斯更无赖的流氓，更老奸巨猾的骗子，更卑鄙的无赖，那可真是白费力气。和他相比，他的兄弟皮埃尔就是个诚实的小伙子。皮埃尔·德·莱斯布阿斯是个酒鬼加赌鬼，人们都知道他靠讨女人欢心和赢牌过活。

他们的母亲莱斯布阿斯夫人，在莫特·吉隆大张声势只是为了制造假象，为了更好地行骗。实际上她身无分文，什么都是赊欠别人的，甚至包括嘴里的假牙也是如此。她的衣服、家具、四轮马车、马和佣人都是从巴黎放债人那里借来的。巴黎放债的人曾恶狠狠地威胁她说，如果她不赶紧把一个女儿嫁给某个富有贵族的话，他就会收回所有东西。那样的话，受人尊敬的西多妮就会随时变得一无所有，待在空无一物的屋子里。所以，她急于找到一个女婿，很快就瞟上了蒙特拉古先生。她看出蒙特拉古先生虽然外表粗鲁腼腆，但是个性温和，心地单纯，容易上当，极易堕入爱河。她的两个女儿也参与了她的计划，每次她们遇见蒙特拉古先生，都会对可怜的蓝胡子大送秋波，搅得蓝胡子心动不已。蓝胡子很快就拜倒在两位莱斯布阿斯小姐的石榴裙下。他忘记了自己的誓言，别无他想，只想娶其中一位小姐为妻，他觉得这两位小姐都一样美丽迷人，一时难以取舍。经过再三考虑，他克服了自己胆怯的心理，穿着得体地去了莫特·吉隆，向莱斯布阿斯夫人提出了自己的请求，请夫人为他在两个女儿中选择一位。西多妮夫人礼貌地回答，她很看重蓝胡子，允许蓝胡子向他喜欢的任何一位小姐求婚。

“要学会讨人喜欢，先生，”她说，“我将会是为你的成功第一个鼓掌的人。”

为了互相了解，蓝胡子邀请安娜、让娜、她们的母亲、她们的兄弟，以及一大帮女士和绅士到基莱特城堡住了两个星期。每天都是散步、打猎、钓鱼、跳舞、宴会和各种庆祝娱乐活动。宾客中有一位庄园主，名叫德·拉梅吕斯，是个年轻的骑士，他是与莱斯布阿斯夫人一起来到基莱特城堡，打猎时负责组织搜索猎物。在这附近一带，就属蓝胡子的猎犬和装备最好。女士们和绅士们一起追赶野鹿，当然，他们也不是总忙于捕获猎物，有时也成双成对散开来，分组活动，偶尔碰到另外一对，他们会不好意思笑笑，就又闲逛进树林里。特别是拉梅吕斯骑士，总是会和让娜·德·莱斯布阿斯小姐一起消失，到夜里又双双返回城堡。每个人晚上回到城堡后，都激动不已，因为富有冒险精神的活动刺激了他们，他们对一天的娱乐活动感到十分满意。

经过几天的观察之后，善良的庄园主蒙特拉古先生发现，自己更喜欢妹妹让娜，让娜比姐姐更有朝气，和姐姐一样老练。他表现出对妹妹的偏爱，这无需隐瞒，无需遮掩，因为这种喜爱正当得体，加上他又是个胸襟坦荡的人，就更没有必要隐瞒了。他极尽所能地向那位年轻的小姐大献殷勤，但是他没什么实践经验，话说的不多，只能时刻注视着那位小姐，随着那位小姐的行动而转移视线，从他内心深处发出的叹息，简直都能吹倒一棵橡树。有时候他会突然大笑起来，莫名其妙地笑，笑声震得陶器直抖，连窗户上的玻璃都嘎嘎作响。

也许在所有人当中，只有他没注意到，拉梅吕斯骑士对莱斯布阿斯夫人小女儿的殷勤关照，或许他注意到了，只是没觉出有什么不对劲的地方。蓝胡子对女人没什么经验，没有什么疑心，而且对他自己所爱的人非常信任。我的祖母曾说过，生活经验百无一用，人究竟还是本性难移，我认为我的祖母说的是对的，现在所说的真实故事也证明了我的祖母所言不差。

蓝胡子在这些庆祝活动中显得非常慷慨，非常大方。夜幕降临之际，成千支火把照亮了城堡前的草坪。草坪的桌子上摆满了只有在乡下和森林里才能弄到的山珍美味，美食太多了，桌子都被压得嘎吱作响。男佣人装扮成农牧神[①]，女佣人则装扮成森林仙女[②]，站在一旁听候客人差遣。乐师们弹奏着一曲又一曲优美的交响乐。酒席结束之前，村里的教师们带领着孩子们来到宾客面前，为庄园主蒙特拉古先生和他的客人们致赞美辞。戴着尖帽子的星象家走到女士们身边，根据手相来预测她们未来的爱情走向。蓝胡子允许所有的佣人喝酒，他自己还分发面包和肉给穷人享用。

到了晚上十点，由于担心夜露让宾客受凉，蓝胡子让大家退回到被无数蜡烛照亮的房间里，桌子上准备好了各种赌具：纸牌、台球、滚球、轮盘赌转盘、国际跳棋、双陆棋、骰子等等。蓝胡子在各种游戏中都走霉运，每晚都要输掉一大笔钱。他虽然是霉运不断，但是看到莱斯布阿斯一家赢钱不少，也就感到无比

---

① 农牧神：古希腊神话中掌管羊群和牧羊人的神，形象为半羊半人。

② 森林仙女，即德律阿得斯，是希腊神话中守护森林和树木的女神。

欣慰。妹妹让娜总是把赌注都押在拉梅吕斯骑士身上，拉梅吕斯骑士面前的金币都快堆成小山了。莱斯布阿斯夫人的两个儿子在赌博中也赢了不少，赌注越大他们的运气就越好。他们一直玩到深夜，在这样绝妙无比的庆祝活动中是不需要睡眠的。正如早期蓝胡子传记的作者所言："他们整夜都开着彼此的玩笑。"这段时光是一天二十四个小时中最快乐的，他们借着开玩笑来打掩护，借着黑暗之中行事方便，彼此情投意合的人会一起躲到房间的角落深处幽会。拉梅吕斯骑士有一次假扮成魔鬼，有一次假扮成幽灵，还有一次假扮成狼人吓唬睡着的人，但是到最后他总是会溜进让娜·德·莱斯布阿斯小姐的房间。善良的庄园主蒙特拉古在这些游戏中可没被人忽视，莱斯布阿斯夫人的两个儿子在他床上撒了让人皮肤发痒的粉末，还在他房间里烧气味难闻的东西，或者在他门上放一桶水，只要善良的庄园主一开门，水就全泼到他头上去了。总之，莱斯布阿斯两兄弟拿蓝胡子开着各种各样的玩笑，拿他消遣，好在蓝胡子天生好脾气，对他们一忍再忍，从不发作。

最终，莱斯布阿斯夫人同意了蓝胡子对她小女儿的求婚，尽管她一再声称，一想到女儿要出嫁就心痛难忍，但依然掩饰不住内心的高兴。他们在莫特·吉隆举办了隆重盛大的婚礼。大家都穿戴一新，大美人让娜小姐身穿进口的服装，头上戴满了头饰；她的姐姐安娜身穿绿色天鹅绒裙子，裙子上绣着金边；她们的母亲身穿用金线和黑色雪尼尔线织成的衣服，佩戴着全套珍珠和钻石首饰；蒙特拉古先生身穿装饰有钻石的黑色天鹅绒套装，看上去相貌堂堂，一表人才。他的表情天真腼腆，和他泛着蓝光的下巴和魁梧的身材形成鲜明对比。新娘的两个兄弟当然也英俊不凡，拉梅吕斯骑士则身穿玫瑰色天鹅绒套装，衣服上装饰有珍珠，风采最为夺目。

婚礼仪式结束之后没一会，那个巴黎放债的人就来了，他把借给新娘全家和新娘情夫的精美衣服和华丽首饰全部收回，并将这些东西运回了巴黎。

第四章

蒙特拉古先生在这一个月里是世界上最幸福的男人。他疼爱他的妻子，把她看成纯洁的天使，实际上她才不是什么纯洁的天使。她非常机敏狡猾，就算是比可怜的蓝胡子精明得多的男人，也可能一样会上当受骗。她听命于她的母亲，而她的母亲是整个法兰西王国中最为老谋深算的女流氓。莱斯布阿斯夫人带着自己的大女儿安娜、儿子皮埃尔和克斯姆，还有拉梅吕斯骑士，一起在基莱特城堡安顿了下来。拉梅吕斯骑士与蒙特拉古夫人形影不离，善良的蒙特拉古先生对此感到些许不快，他宁愿和妻子单独相处，但是妻子偏爱这位年轻的绅士，并解释说骑士是她的奶兄弟，他对此也就不好提出异议。

夏尔·佩罗说，婚后一个月，蓝胡子因为有要事缠身，不得不出门六个星期。他似乎并不清楚出门的原因，因此有人怀疑这是圈套，按照经验，嫉妒的丈夫常用这招抓住不忠的妻子。实际上，完全是另外一回事。蒙特拉古先生是去佩尔什[①]继承表哥乌达特的遗产，乌达特在沙丘战役[②]中光荣战死，当时他正在一面

---

① 佩尔什：法国西北部地区。

② 沙丘战役：发生于 1658 年 6 月，作战的一方是由蒂雷纳统帅的英法联军，另一方是英西联军。双方都是有英军在内，西班牙一方的英军为流亡的英国王党军队。最后蒂雷纳获胜。

鼓上掷骰子，一发炮弹让他一命归西。

临行之前，蒙特拉古先生允许妻子在他离开期间尽情玩乐。

“夫人，把你所有的朋友都请来，”他说，“和她们一起散散步，一起消遣娱乐一番，度过一段快乐的时光。”

他把家里所有的钥匙都交给了妻子，这意味着在他离开期间，他的妻子就是基莱特城堡中至高无上、说一不二的女主人。

“这是两间家具储藏室的钥匙，”他说，“这是金银餐具柜的钥匙，这些餐具平日里不常用；这是保险箱的钥匙，里面装着我的金银财宝；这是珠宝盒的钥匙；这把是万能钥匙，能打开所有房间的门。这把小钥匙，是一楼走廊尽头小陈列室的钥匙。都打开吧，你想去哪儿就去哪儿。”

夏尔·佩罗声称，蒙特拉古先生还补充说道：

“但是那个小房间，我不准你进去，我明令禁止你进去。如果你进去了，我不知道我会发多大的火。”

记录蓝胡子事件的专家在写这些话的时候犯错了，他未加查证，就采用了事后莱斯布阿斯夫人捏造的说辞，实际上蒙特拉古先生根本不是这样说的。当他把小房间的钥匙，也就是之前我们多次提到过的受难公主陈列室的钥匙，交给妻子的时候，他希望他心爱的让娜不要进入那个房间，因为那个房间在他眼里已经成为他家庭不幸的源头了，他不想再发生什么意外。确实如此，他第一任妻子，也是他所有妻子中最好的一位，正是从那个房间，带着她的熊一起逃走的；布朗什·德·吉伯梅克斯和许多绅士，就是在那个房间，一次又一次地背叛他，最终，斑岩地面浸染上他所爱的女罪人的血迹。这些还不够让蒙特拉古先生把这个房间和痛苦的回忆、不祥的预兆联系起来吗？

蓝胡子对让娜·德·莱斯布阿斯所说的话，表达了他的愿望，也表达了他心绪不宁的原因。如下是他的原话：

“夫人，我对你坦诚相待，如果我不把家里所有的钥匙都给你，我觉得对你是一种伤害。现在，你拿到了所有的钥匙，因此，你可以进入家里的任何房间，那间小房间也一样。不过如果你愿意听我规劝的话，你就不会进去。真的，你就听我的话吧，不要进去。我一想到那间小房间，我就痛苦不堪，那是间不祥的房间。要是你发生不幸，或者因为我而让你倒霉，我会伤心透顶的。夫人，原谅我的担忧，幸好我的担忧没有什么根据可言，只是出于我的猜测，出于我的好意和对你的爱。”

说完这些话，善良的庄园主拥抱了他的妻子，匆忙出发赶往佩尔什了。

“朋友们和邻居们，”夏尔·佩罗接着说，“不等主人家发出邀请，就迫不及待地要去拜访新娘子了。他们急不可耐，想亲眼目睹新娘子家里的所有财富。他们立刻跑遍了城堡里所有大大小小的房间和衣帽间，想一看究竟，看完后，他们觉得一间比一间奢华，一间比一间漂亮，于是对新娘子的好福气羡慕不已，大加称赞。”

所有涉及这一问题的历史学家都补充说明道，由于蒙特拉古夫人急于打开小房间的门，所以看到这些财宝时，她的脸上显现出波澜不惊、毫无喜色的表情。完全正确，正如夏尔·佩罗所言：“她好奇又迫切，甚至没有考虑到丢下宾客是多么不礼貌的事，她顺着一段隐秘的小楼梯走下去，她走得太急了，以至于有两三次快要把脚脖子给摔断了。”事实确实如此，她大步流星，三步并作两步，没有人告诉我们，她为什么如此焦急迫切地要到那间房间去，真正的原因是拉梅吕斯骑士正在那间房间里等她。

自从她在基莱特城堡安家以来，她每天都到小房间与这位年轻的绅士私会，经常是一天去两次。作为年轻的新婚妇人，这样的交往是如此不得体，可是蒙特拉古夫人对此却从未感到羞耻，从未感到厌倦。毫无疑问，让娜和骑士之间的关系是肮脏龌龊、淫荡无耻的表现。哎！蒙特拉古夫人不仅损害了丈夫的名誉，毋庸置疑，她还会受到后人的谴责，但是即使是最严厉的道德家，也能找到原谅她的理由。道德家们可能会辩解，这么年轻的一个女人，生活在道德沦丧的时代，城市和宫廷的不良示范，不当教育的影响，下流母亲的唆使，发生这样的事也是在所难免的。智者虽然向来苛刻，但是让娜的过错是因为爱情，也许会原谅她。让娜的罪过司空见惯，世人只会认为，她的所作所为是常人所为，不值得大惊小怪。但是让娜·德·莱斯布阿斯并不满足于损害丈夫的名誉，她还毫不犹豫地要谋害丈夫的性命。

正是在那个被称为“受难公主陈列室”的小房间里，蒙特拉古夫人让娜·德·莱斯布阿斯和拉梅吕斯骑士狼狈成奸，密谋杀死善良忠诚的蒙特拉古先生。后来让娜宣称，她一走进那个小房间，她就看见房间里吊着六个被谋杀的女人的尸体，地板上都是凝结了的血迹，她认出来这些不幸的女人就是蓝胡子的前六任妻子，她因此预料到了自己将来的命运。假若是这样的话，让娜肯定是把墙上画里的残缺不全的尸体误看成真的了，应该把她的幻觉和麦克白夫人[①]的幻觉对比一下。但是最有可能的是这是让娜的阴谋，她大肆渲染自己想象出来的这种恐怖的景象，为的是给以后的犯罪活动做铺垫，通过诽谤被杀者来为杀人者辩护。

---

① 麦克白夫人：莎士比亚的悲剧《麦克白》中的麦克白夫人，是一个罪恶的女人，她在麦克白的身边，挑唆、刺激麦克白性格中的恶。她生性残暴，她所犯的罪过如同梦魇一样压在她的心上，以致得了梦游症，疯癫而死。

蒙特拉古先生注定要死于非命了。我手头的几封信，使我不得不相信莱斯布阿斯夫人也参与了这次密谋，至于莱斯布阿斯夫人的大女儿，则很有可能是这次阴谋的核心人物。安娜·德·莱斯布阿斯是全家最坏的一个，她并不耽于肉欲，身处放荡荒淫的人当中，但却仍然保持贞洁之身，把这些荒淫之辈玩弄于股掌之中。她拒绝玩乐，并非考虑到害怕有失身份，实际上，是因为她只有在残忍的行为中才能获得快感。安娜对她的两个兄弟皮埃尔和克斯姆许下承诺，说保证让他们以后当上团长，借此指使他们配合让娜行动。

第五章

我们根据真实的文件和可靠的证据，通过蛛丝马迹，来寻踪觅迹后来发生的事情，也就是流传于世的最残暴、最奸诈、最卑劣的家庭犯罪事件。我们要讲述的谋杀，唯有一四四九年三月九日夜里发生的谋杀案，才能与之相提并论。在那天晚上，有个叫纪尧姆·德·弗拉维的人，被他年轻瘦弱的妻子布兰琪·多伏勃勒克，伙同私生子多尔邦达斯和剃头师傅让·博吉勇三个人所杀害。他们用枕头闷住纪尧姆，用大木棍无情地连续猛击，又像宰牛一样割断了他的喉咙，手段残忍，令人发指。布兰琪·多伏勃勒克证明，她丈夫曾决心要淹死她，而让娜·德·莱斯布阿斯，则把忠诚的丈夫出卖给了一帮十恶不赦的流氓。我们会谨慎真实地记录所有的事实真相。

蓝胡子比预期的时间提前回家了。如果有人认为蓝胡子是出于嫉妒，想当场抓住妻子通奸的证据的话，那就大错特错了。他满怀喜悦、充满渴望，如果说他是想让妻子大吃一惊的话，也只是希望给妻子一个惊喜而已。他善良温柔，快乐温顺，就算是最冷酷的心也会被他的真情所融化。可是拉梅吕斯骑士和莱斯布阿斯家那伙人渣，他们除了看到有机可乘、谋财害命、霸占他人家产之外，什么都看不到，加上蓝胡子又新继承了一笔遗产，更让他们不管不顾、肆无忌惮起来。

蓝胡子年轻的妻子对他笑脸相迎，让丈夫抱着她进入卧室，极尽所能地取悦这个善良的男人。久别胜新婚，蓝胡子心满意足。第二天早晨，她交还丈夫托付于她的那串钥匙，但是却少了受难公主陈列室，也就是通常称为小房间的那把钥匙，蓝胡子温柔地要求妻子归还小房间的钥匙，让娜却用种种借口拖延了一段时间，然后，才把钥匙还给丈夫。

蒙特拉古先生一看到钥匙，就察觉到他的妻子已经进过那个小房间了。因为他注意到钥匙看起来要比交给妻子时更加干净，也更有光泽，钥匙发亮的原因只能是被别人使用过。

这让他心里一阵难受，他难过地笑了笑，对妻子说：

“亲爱的，你已经去过那个小房间了，但愿我们两个不会因此遭遇不幸！我本该保护你，让你免遭那个房间给你带来的不良影响。如果轮到你惨遭不幸，我永远不会宽恕我自己。原谅我吧，爱会让人迷信。”

尽管蓝胡子不可能使让娜感到害怕，他的言行也仅仅只是想表达出他对妻子的爱和担忧，可是年轻的蒙特拉古夫人一听到这些话，就开始扯开嗓门尖叫起来：“救命啊！救命啊！他要杀我！”这是约定好的信号，只要一听到让娜的叫喊声，拉梅吕斯骑士和莱斯布阿斯夫人的两个儿子就应该扑过去，用剑刺死蓝胡子。

但是，被让娜藏在房间衣柜里的骑士只有一个人冲了出来，其他两个帮凶一时不知怎么了，没有出来。蒙特拉古先生一看到骑士手里拿剑向他扑了过来，就意识到要发生什么事情，于是就拼命地自卫反抗。让娜惊慌之中逃到走廊，遇见了姐姐安娜。安娜并没有像人们所说的那样藏在塔楼里，因为城堡里所有的塔楼都已经按照红衣主教黎世留[①]的命令被推倒了。安娜当时在竭力为她两个兄弟鼓劲，因为他们两个事到临头却打了退堂鼓，吓得脸色发白、浑身发抖，不敢冒杀人这么大的风险。让娜赶忙哀求他们：“快，快，我的兄弟们，救救我的情人吧！”皮埃尔和克斯姆这才冲向蓝胡子。他们找到蓝胡子时，发现蓝胡子已经缴了拉梅吕斯骑士的械，用膝盖压得骑士动弹不得，莱斯布阿斯两兄弟趁蓝胡子没有防备，在他背后，卑鄙地用剑刺穿了他的身体。蓝胡子已经咽下最后一口气了，两兄弟还残忍地继续用剑戳他的尸体。

因为蓝胡子没有继承人，所以他的妻子继承了他的全部财产。让娜把其中一部分财产送给姐姐安娜作嫁妆，另外一部分财产给她两个兄弟买了上尉的职位，剩下的用来和拉梅吕斯骑士结婚。这位骑士摇身一变，成为富有的人，当然也就受人尊敬了。

---

① 黎世留（1585—1642），法国红衣主教，著名的政治活动家，于1624到1642年间任法国政府首相。对内恢复和强化遭到削弱的专制王权，对外谋求法国在欧洲的霸主地位。他被后人称为法国历史上最伟大、最有谋略、也最无情的政治家。

不忠的女人

[法] 加　缪

杨　灿译

一只苍蝇在车窗里不停地绕着圈。车窗关着，苍蝇只得东撞西撞，不歇声地嗡嗡叫。雅尼娜很快便找不到那只苍蝇了，接着忽然又看到它落在了她丈夫一动不动的手上。天气很冷，风带着沙子刮在车窗玻璃上，发出刺耳的啸叫声。每每如此，那只苍蝇都会紧紧地收紧翅膀，颤颤巍巍地缩紧身子。在寒冬的清晨，微光浅浅地笼罩在这辆巴士车上。车轱辘吃力地带着这一车乘客往前挪动。发动机很不给力，费力地转动着每一块生锈破裂的轴承，发出咳嗽一样的引擎声。车子以近乎静止的速度在前进。雅尼娜凝神看着她的丈夫马塞尔。只见他窄小的前额上覆着一层稀疏的银发，鼻子很宽，嘴唇周围满是松弛的皱纹。如此看来，马塞尔活像一个撅着嘴的牧神。车子每开过一个低洼处，总要来一番颠簸。马塞尔总会往妻子这边挤一下，然后笨重的上身又会压到他叉开的双腿上，之后他又会坐直身体，目光呆滞，重新回到原先那魂不守舍、毫无生气的样子。除了那双粗短而光滑的手，他全身上下再也找不到一处让人感兴趣的地方。他穿着法兰绒内衣，由于袖子过长，内衣从外衣袖口冒了出来，盖住了他的手腕，让他的手看起来更短了。他紧紧抓着放在两腿之间的那只小帆布箱子，丝毫没感觉到那只苍蝇已经在他手上停了很久。

忽然风声大作，四周的浓雾愈加深重。沙尘继续一股股击打着车窗，好像有无形的手在抛掷一般。苍蝇立即缩作一团，弯下腰身，然后一下飞走了。车子疲惫地往前进，每走一步都似乎要散了架。风随即又停了，浓雾也不似刚才那么厚重了。车子又提了速度往前进。在车两旁灰蒙蒙的景色里，依稀能看到一些光亮从车窗的缝隙中投到车内来。

两三株干瘦、苍白的棕榈树从车窗外一闪而过，锋利的树影像是用铁皮裁剪而成。“这是什么破地方!”马塞尔叫嚷道。

车上装满了昏昏欲睡的阿拉伯人，他们都用斗篷帽子盖住自己的脸，躲在椅背后，不与人说话。一些人干脆屈膝坐在位子上，车子颠簸摇摆时，他们总比周围人晃得厉害。这种让人窒息的安静和事不关己的冷漠，像铅块一样重重地压在雅尼娜的心上。雅尼娜总感觉已经与这些哑巴同行了好几天，而事实上，车子是今天早晨才出发的。从火车站那头出发，接着便是在荒凉、多石的高原地区开了整整两个多小时。路程漫长，只看到前方的路笔直地向前延伸，与红彤彤的地平线联接在一起。太阳终于快要升起来了，但不一会，就起风了，于是，原本还有些变化的窗外的风景，全变成了灰蒙蒙的沙尘和透过沙尘依稀可见的残花败柳。然后，一个接一个的，大家都渐渐习惯了彼此默不作声的陪伴，一起度过了奇怪的不眠之“夜”。每个人都懒得动弹，顶多偶尔擦一擦被沙子迷住的眼睛，或是舔一舔干裂的嘴唇。

“雅尼娜!”马塞尔大声喊着自己的老婆。雅尼娜再一次暗自想着，自己作为一个高挑健壮的女人，却被唤作这名字，实在是不可思议。马塞尔问她，他的样品箱放在哪。雅尼娜用脚在座位下面探了几下，终于踢到一个方方的东西，应该就是它了。她俯下身，想确认一下，但刚弯腰便止不住地喘气。想当年在学校的时候，她是获得过体操冠军的，那会的她压根不知道什么叫“喘不上气”。那是多少年以前的事情了呀？掐指一算，应该是二十五年以前了。对她来说，二十五年仿佛白驹过隙。感觉好像前一天她还在为是继续“过自己的单身小日子”还是“走进婚姻这座围城”而纠结不定，还在为自己会不会孤独终老而郁郁寡欢，今天她就已经坐在一个银发的男子旁边，被唤作“雅尼娜”了。她没有选择孤独一生，她最终接受了那个法学系学生的追求，并最终成为了此时此刻坐在他身边的妻子。她最终还是接受了他，尽管他还没有她高。他很冲动，他的笑声特别刺耳，他的眼球凸出并且有很深的黑眼圈。但她喜欢他那种勇敢面对生活的勇气，他跟大多数的法国人一样，天性乐观积极。她也喜欢他遇到挫折或是不如意时灰心丧气的表情。除此以外，她还喜欢被爱的感觉。是的，他爱她，他愿意随时随地倾听她说话，关心她的冷暖。他会不断地提醒她，她是为了他的爱而生，而这一点，恰恰给了她充分的存在感。

不，她一点都不孤独……

公车继续前进着，在坑坑洼洼的路上生生开垦出一条路来。不过，车上的人们似乎都不为之所动，依旧一副漠不关心的样子。雅尼娜突然感觉到有人在看着她。她看向过道那边的座位，立刻找到了这位看客。他竟然不是阿拉伯人，雅尼娜很惊讶刚才没有发现。他穿着一件撒哈拉的法军军服，头戴一顶原色亚麻帽。他有一张小麦色的脸，修长，棱角分明，又似乎带一些玩世不恭。他灰色的眼睛正毫不客气地盯着她，眼神里还有些忧郁。

雅尼娜的脸刷的一下就红了，立刻转身坐回丈夫身边。马塞尔此时依旧看着窗外的浓雾出神，丝毫没意识到身边发生了什么。雅尼娜把身上的大衣又重新裹紧了，但她的眼前依旧浮现出刚才那位军人的面孔。他身材颀长，在军服里显得那么挺拔，就好像他是由一种干燥易碎的材料比如沙子和骨骼什么的雕塑而成的。这时，她才注意到坐在她前排的那些阿拉伯人，无不拥有瘦长的双手、焦黑的面庞。他们看起来似乎坐得很宽敞，尽管他们的衣服都很宽大且不合身。相比之下，她跟她丈夫就坐得相当不舒适了，他们几乎是被塞在了这狭窄的空间里。雅尼娜把大衣从身下扯下来，盖住膝盖。其实她不算胖，身材高挑，体格丰满，恰到好处。一句话，她是有几分姿色的，这从那些看她的男人的眼神中就能看出来。她长着一张娃娃脸，那明亮、纯真的眼睛与她健壮的身体形成了对比，但却使她看起来分外讨喜和性感。

不是的，一切都没有按照她的预期发生。马塞尔提议带她出来旅行时，她表示了拒绝。马塞尔有这个想法已经很久了。战争一结束，准确地说是生意一旦可以照常运转了，他就出去旅行。战争没有爆发前，夫妻俩一直依靠着马塞尔从父母手中接过的布匹买卖生活，他们赚了不少钱，日子过得还算宽裕。但马塞尔做出这一决定，是以放弃自己的法学专业为代价的。在沿海地区，一个刚刚组建的年轻家庭是很容易过得轻松快乐的。但马塞尔生性好静，不喜欢奔波，因此也就很少带雅尼娜去海边了。于是自己开车出城游玩，也就成了仅在周日下午才进行的奢侈活动。其他的时候，马塞尔更喜欢在他店里堆满各种颜色的布料。小店在一处拱廊下，附近的社区既有土著人也有欧洲人。小店楼上有三个房间，用的都是“巴尔贝斯家私”店里的家具和阿拉伯式墙纸。他们没要孩子。于是，日子就在这些半遮半掩的百叶窗后悄悄溜走了。仲夏，海滩，散步，哪怕是简单的蓝天白云，都显得那么遥不可及。对马塞尔来说，除了生意，似乎一切都不重要。雅尼娜终于发现了马塞尔真正的兴趣所在——赚钱。不知为何，雅尼娜并不喜欢丈夫的这一爱好，虽说她本人也是这一爱好的受益者。马塞尔从不吝啬，尤其是对自己的妻子。他总是这样对雅尼娜说："万一我有个三长两短，你还可以靠着这些好好过下去。"是的，吃穿不愁是很重要的。但除此以外呢，人总还是有别的需求的，这些又如何满足呢？这些问题会时不时地溜进雅尼娜的脑海，但她却从未认真思考过。现在，她也会帮马塞尔记记账，或是偶尔代他操持店里的事务。夏季总是最难熬的，热浪驱赶走了平日的轻松惬意。

突然一切都变了，战争爆发了。马塞尔应召入伍，最后却因为健康问题没能走上战场，他只好退了回来。可是战争爆发带来的影响远非如此。货源短缺，商铺没落，顾客减少，这一切都让他们着急。雅尼娜想，若是照着现在的情形，如果真的发生什么三长两短的话，那剩下的家底也是绝对不够她好好活下去的。因此，生意刚恢复正常，马塞尔就想到南部高原去进行促销。他的打算是，亲自去那里的乡镇村庄，把商品直销给当地的阿拉伯小贩，这样便可以省去中间商的费用。马塞尔想带着雅尼娜一起去。雅尼娜知道这趟旅程不会轻松，而且她最近呼吸又不是很好，因此便想待在家里。但马塞尔执意要雅尼娜去，雅尼娜也就没再坚持，毕竟吵架是费时费力的事情。可直到亲身来到此地后，雅尼娜才发现，这一趟旅程跟她的想象完全不一样。她曾想到一路上的炙热、苍蝇蚊虫的叮咬，或是油腻的散发着茴香味的客栈，但她从未想到这一路还需经历凛冽的寒风、布满冰碛石的荒野以及那北极一般的高原气候。她甚至还曾梦想在柔软的沙滩上徜徉，在金色棕榈树下休憩。而看看眼前呢，与其说这里是沙滩，不如说它是一块沙砾地。这里有的只是石子，目光所及，到处都是大大小小的沙砾。天空中没有一丝蓝色。沙尘在风中嘶叫，所及之处都成了不毛之地，只有零星的杂草竭力从地上冒出来。

巴士猛地往前一冲，停了下来。司机冲着车上的乘客喊了几嗓子。雅尼娜没听懂。马塞尔问道："怎么回事？"司机这次用法语回答了马塞尔，说一定是沙子堵住汽化器了。马塞尔低声骂了一句："什么鬼地方！"司机夸张地笑了起来，向大家保证说，没事的，只要去把汽化器清理一下，马上就可以继续赶路了。司机打开车门，准备出去。这时，一股寒风猛地钻进了车里，那风裹着沙子像刀片一样刮在乘客的脸上。所有的阿拉伯人都立即用斗篷遮住鼻子，缩进衣服里取暖。"关门！"马塞尔大声叫着。司机又折了回来，边走边呵呵地笑。他不慌不忙地从仪表盘下拿了几件工具，刚走出去，便消失在了浓雾里。又忘记关门了。马塞尔叹了口气，说："我敢保证他以前从没修过发动机。""噢！你还是闭嘴吧！"雅尼娜喝道。忽然，雅尼娜被眼前的景象怔住了。在巴士停下的这条路旁的斜坡上，站着一群裹得严严实实的身影。在厚重的长袍和严实的面纱之后，是他们闪烁的眼神。他们安静地看着车上的乘客。从他们的脸上看不出任何表情，也看不出任何悲喜。马塞尔告诉妻子："是些牧羊人。"

巴士上此时依旧一片死寂。所有的乘客都埋着头，仿佛在认真地聆听狂风肆虐这辽阔高原的声音。雅尼娜突然觉察到，自己不记得行李放到哪里去了。不过，她很快就想起，刚从火车站那边出发的时候，司机已经帮他们把行李捆在车顶上了。车内的行李架上，横七竖八地放着些棍子和菜篮子，没有行李包裹。看来，南方人习惯于空手旅行。

司机回来了，眼睛里露出笑意，看起来心情依旧很好。他也找来了一块面纱，把自己严严实实地裹了起来。司机说，马上就可以启程了。他关上车门，风声一下子被挡在了外面。车内又恢复了平静，但沙石打在窗玻璃上的声音却愈加明显了。发动机低低地吼叫了几声，接着便没动静了。司机耐心地发动了好几次，发动机终于又颤抖了起来。他猛踩油门，车子霍地吼了一嗓子，终于摇摇摆摆地上路了。雅尼娜看向车外那群衣衫褴褛的牧羊人，他们还是一动不动地站在原地。此时，其中一人伸出一只手来，似乎朝着这车人挥了几下。但还没等雅尼娜看清，牧羊人的身影就被浓雾吞没了。现在，巴士正以接近蹦跳的姿势在马路上前进，并且有愈演愈烈之势。阿拉伯人被摇得东倒西歪。雅尼娜已有了些困意，这时一个黄色的小盒子忽然出现在她眼前。是盒润喉糖。那个一脸邪气的军人正一脸微笑地看着她。她犹豫了一下，拿了一个，然后说了声谢谢。军人把盒子装回了口袋，并收起了笑容，然后又继续心无旁骛地盯着车前方。雅尼娜转过头看向马塞尔，却只看到他结实的后颈。马塞尔正隔着窗户，看车轮所过之处渐渐腾起的浓雾。

他们已连续跑了好几个小时，所有的乘客都不堪疲惫，车内鸦雀无声。就在这时，车外突然响起一阵喧闹。穿着长袍的孩子们在车外开心地拍着手，绕着车子不停转，又蹦又跳。此时，车已经开到了一处有民居的街道上。这就意味着，他们已经来到绿洲了。风依旧凛冽，但民居等建筑很好地挡住了一部分沙尘。这里的空气好多了，光线也明亮多了，不过天空依旧被乌云笼罩着。司机猛踩刹车，车子终于吱吱呀呀地停下了。在一阵叫喊声中，巴士停在了一个酒店的泥砖拱门前。雅尼娜第一眼便看到了酒店那脏乎乎的窗户。她下了车，刚一踏上路面，便踉跄了一下，差点摔倒。抬头望去，酒店的屋顶被打造成黄色的细长尖塔，看上去很别致。在她左手边，雅尼娜远远地就看到了一片棕榈树林。此时她很想走过去好好看一看，但外面依旧很冷，尽管已接近正午，寒风丝毫不减，直吹得人浑身发抖。她转身想去找马塞尔，却看到那个军人正迎面走过来。她想着，这位军人应该会朝她微笑或是打招呼的。可是军人看都没看她一眼，就走开了。马塞尔正忙着从车顶上往下卸货。那里有一箱布料，还有一个军用提箱。司机一个人站在车顶上帮忙卸行李，他看上去已累得不行了，这会正停下手中的活，冲着巴士旁的孩子们喊。雅尼娜此时才注意到，她已经被叫喊声包围了。身边的这些孩子瘦得只剩下皮包骨头，他们一起扯着嗓子喊着。雅尼娜突然感觉累了，于是便对马塞尔说："我先进去了。"而马塞尔此时正冲司机叫喊着什么。

雅尼娜走进酒店。经理过来迎接她。这位经理很瘦，穿着简洁。他领雅尼娜上了二楼。站在二楼的长廊，可以俯视酒店周围的街景。然后经理把她领到了客房。客房里陈设很少，只有一张铁床，一把漆了白色珐琅漆的椅子，一扇蒲制隔断，隔断后放着一个落了一层沙尘的洗脸盆，没有遮帘的衣橱。经理关上房门，一股寒意立刻从只刷了一层石灰粉的毛坯墙中透出来。雅尼娜不知道可以把包放在哪，她甚至不知道自己应该坐在哪。她要不躺下，要不站着，但不管怎样，都会让她感到钻心的寒冷。她还是决定站着，手里攥着手提包，看着墙上靠近屋顶处开的边窗。她在等待，却又不知道在等待什么。她只感到孤独和刺骨的寒冷，胸口仿佛有一块石头越来越重地往下沉。她几乎是半梦半醒地站着，忘记了大街上夹杂着马塞尔叫声的喧闹。她只听到从边窗里传来的阵阵流水声，其实是风吹棕榈树叶发出的哗哗声。那声音听起来是那么近，似乎触手可及。风骤然大了起来，原本的涓涓细流迅速变成了一阵狂啸。她想象着，在这墙后的不远的地方，定有一片坚韧而绵延的棕榈树林，此时它正波涛起伏，在狂风中舞动。这些都与她先前的想象不一样，但这些看不见的波涛却似乎让她的眼睛不再那么酸痛了。雅尼娜依旧站着，用双腿支撑着疲惫的身体和沉重的心。她终于垂下双手，有些佝偻地靠在了墙上。寒冷从她脚上一直往上窜，她快要冷得发抖了。此刻的她，满脑子都是不远处的棕榈树林和绿色的波涛，以及曾经年少的青春。

洗漱完毕后，他们走到楼下餐厅吃饭。光秃秃的墙上画着些骆驼和棕榈树，背景是粉色和浅紫色的。在岁月的侵蚀下，图画已经逐渐模糊，最后隐匿在一片深粉色的背景里。拱形的窗户透进一些微弱的光。马塞尔向酒店经理打听这里商人的情况。接着，一个上了年纪的阿拉伯人来给他们服务了，他的束腰长袍上别了一块军队的勋章。马塞尔显然无暇关注这些细节，只是心不在焉地把面包撕成小块。雅尼娜想喝水，马塞尔制止了她，说："这水没煮过，还是喝酒吧。"雅尼娜不喜欢喝酒，因为她一喝酒就会犯困。除了面包和酒水之外，他们手中的菜单上竟然有猪肉，这一点让雅尼娜很意外。马塞尔给她解释道："可兰经（伊斯兰教）的确禁止吃猪肉，但可兰经不知道的是，烹制好的猪肉是不会传染病菌的。我们法国人就知道呀！——你想什么呢?"雅尼娜没在想别的事，顶多也就是在想"厨子最终打败了先知"。不过，他们不能再耽误时间了，因为他们第二天还要继续往南走，而今天下午他们还得去拜访几个重要的商人。马塞尔让那个上了年纪的阿拉伯人赶紧上咖啡。那个阿拉伯人轻轻地点了点头，迅速走开了。“日不做夜磨嗦!”马塞尔笑着说。咖啡终于上来了，可他们没等咖啡变凉，就一口气吞了下去。他们立马来到尘土飞扬、寒气逼人的街道。马塞尔叫来一个年轻的阿拉伯人，让他帮忙装货。他在报酬上又跟那个阿拉伯人争论了很久。马塞尔曾经向雅尼娜说起过这里讨价还价的习惯。他说，基本上这里的小贩都会开出两倍于实际价格的要价，如果你真心想买，那就应该朝着报价的四分之一砍价。雅尼娜这会感到有些不适，慢慢地跟在两个搬着大箱子的男人后面走着。她在大衣里又加了件羊毛裙，虽然她也不想穿得这么臃肿，但她实在是受不了这里的严寒。除此之外，中午吃的猪肉（尽管已经是烹制熟的），以及那一小杯葡萄酒，也让她的胃很难受。

他们沿着路边一个小公园走着。路边种着联排的树，树叶上落满了灰尘。一路上，他们遇到了几个阿拉伯人。这些阿拉伯人一见到他们便自动避开，同时又装作没看见他们的样子。他们穿着松松垮垮的长袍，雅尼娜觉得这些人似乎生来就如此傲慢，哪怕只是裹着一块破布，眼神里也全是不屑，这跟雅尼娜当地的阿拉伯人完全不一样。雅尼娜跟在两个大箱子后面，这两个大箱子此时倒是发挥了不少作用，很轻松地就在拥挤的人潮中挤开了一条大路。他们走过一扇镶在陶土墙上的大门，走进了一个小广场。广场里种着许多同种类的树，广场远处开阔些的地方，密集地排列着一些拱门和商铺。他们走到一个小店前，停住了脚步。这栋房子的外形很像炮弹壳，通体被刷上了粉蓝色。店里只有一个房间，房间里只有一个开口，房间内陈列着各式各样的锡茶壶、茶杯、托盘以及明信片。一个长着白胡子的老人正站在一块闪亮的木板后面。老人正在往三个彩色茶杯中倒茶。就在马塞尔他们还在一片漆黑中整理思绪时，薄荷茶的清凉香气就已经飘出来了。马塞尔跨过门槛，又小心翼翼地躲过店里的陈设，最后来到了柜台前。雅尼娜还是站在门口，不过，为了不遮挡光线，让屋子里更明亮些，她又往边上挪了几步。这时候，雅尼娜突然发现，就在白胡子阿拉伯人身后的影子里，还有两个阿拉伯人正朝他们微笑。那两个阿拉伯人正一左一右地坐在店堂后部的沙袋上。店内的墙上挂满了红黑相间的地毯和刺绣工艺的围巾。地板上堆满了装着香料的布袋子和小盒子。柜台上放着一个铜质的天平和一把刻度早已模糊的米尺。米尺的旁边是一根甜面包，甜面包的顶端已经被撕开咬了几口，露出了蓝色包装纸的毛边。这时，透过浅浅的茶香，房间里羊毛的味道和各种香料糅杂的味道越来越浓了。白胡子阿拉伯人放下茶壶，向他们问了好。

马塞尔压低声音，快速地介绍着自己的商品。每次一谈到生意，马塞尔就会用这样的嗓音。他打开货物箱，把羊毛和丝绸拿了出来。他把柜台上的天平和米尺推开，把那些东西放在白胡子阿拉伯人面前，向他一一介绍。马塞尔提高了语调，夸张地打着手势，笑得前仰后合，像极了一个极力讨好心上人却又不够自信的女人。马塞尔摊着两手，跟阿拉伯人说着买卖的细节。老人摇了摇头，把茶水托盘递给了身后的两个阿拉伯人。然后他又说了几句话，马塞尔听了似乎很失望。马塞尔于是把货物又一件件收起，装回到货箱中，然后从额前擦去不知何时渗出的汗珠。他叫来那个年轻的搬运工，然后一行人又继续往其他商铺去了。第一家店的店主跟刚才的白胡子老头一样，一副毫无兴趣的样子，但他们还是卖出了部分商品。马塞尔激动地说：“他们以为他们是谁？是万能的神吗？还不是一样要做生意赚钱！大家活得都不容易！”

雅尼娜跟在他身后，没有回应。风似乎停了，天空呈现出一块一块的蓝色，云层缝隙中透射下刺眼的阳光，可这并没有让透骨的寒冷消减几分。他们此时离开了那片小广场，开始沿着拥挤狭窄的街道前进。街两边的建筑大多是土砖垒砌的，墙上挂满了干玫瑰或干瘪、虫蛀的石榴。空气里弥漫着咖啡混合灰尘的味道，烧木柴的烟灰味道，石头和石灰粉的味道，甚至还有羊群走过留下的气味。这些商铺，基本都在门廊下挖出的房间里，彼此隔得很远。雅尼娜感觉脚步越来越重，但丈夫马塞尔却似乎越走越欢快了。他已经卖出一部分货物，这会的心情尤其好，他甚至开始喊雅尼娜“宝贝”了。看来这趟旅程还是有收获的。雅尼娜没好气地说：“当然了，直销比通过中间商经销好多了！”他们从另一条路往回走，直奔市中心。这会已经快到傍晚了，空中的云朵也都散尽了。他们在中心广场停下休息。马塞尔搓了搓手，欣喜地看着面前的货箱，它们已经轻了很多。雅尼娜喊了一声“快看”。只见从广场另一端，一个高高瘦瘦的阿拉伯人正向他们走来。他身穿一件天蓝色的长袍，脚上登着一双软牛皮的褐色皮靴，手上戴着棕色手套，他傲慢地仰着头，精神抖擞地迈着大步。除了头上缠着的伊斯兰教头巾，他看起来跟别的法国军官没什么不同。雅尼娜向来很爱慕那些管理地区事务的法国军官。不过这一位跟她之前见过的那些军官都不一样。此时他默默摘下一只手套，加快速度朝他们大踏步走来。他没有盯着他们任何一人看，倒似乎在看他们身后的什么东西。马塞尔耸了耸肩，说：“这一位，大概以为自己是将军了吧！”是的，他们已习惯了阿拉伯人那副不可一世的表情，但这一位似乎表现得太过分了。马塞尔他们附近空旷无人，但这位军官却径直朝他们面前的箱子走来。他离得越来越近，眼看着就走到他们跟前了。说时迟那时快，马塞尔一把抓住箱子的把手，迅速将它拖到自己的身边。那位军官似乎毫不在意刚才发生了什么，若无其事地大踏步走过他们，朝着更远处走去。雅尼娜看着丈夫，他似乎有些窘迫。“真是越来越无法无天了!”马塞尔埋怨道。雅尼娜没有回应，她也开始从心底里厌恶这些阿拉伯人愚蠢的傲慢了，她的心情变得越来越糟。此时她只想赶紧离开，回到自己温暖的小家去。一想到要回到那脏兮兮的酒店，住进那冰窖似的客房，她就浑身不自在。她突然想到，酒店的经理曾经建议过，说绕过前面的堡垒就可以登上一个要塞台，从那里可以看到沙漠。雅尼娜便向马塞尔提议一起去看看，她还告诉马塞尔，行李可以先放在酒店。不过马塞尔似乎很累了，他想在晚饭前先睡一会。“求你了!”雅尼娜向丈夫撒娇道。马塞尔看着妻子的面孔，突然动心了，说：“好的，亲爱的!”

雅尼娜站在酒店前的马路边上等他。马路上人来人往，穿着白色长袍的客流越来越壮大了。雅尼娜看着这些川流不息的人潮，发现其中一个女人也没有。雅尼娜不禁感到，这恐怕是她第一次看到这么多男人。但奇怪的是，这么多人从她身边走过，却没有一个人朝她看一眼。其中有一些人，只是把自己瘦长、焦黑的脸转向她，好像看到她了，但却又没有一个人正眼瞧她。雅尼娜突然意识到，这些脸是如此的相像，巴士车上那位法国军人，刚才广场上那个戴手套的阿拉伯军官，他们的面孔都是如此的桀骜不驯。他们朝这位异国来的女人转过脸来，却一个都不正眼看她，只是面无表情地从她身边绕开，就好像她只是一个路灯或者一根电线杆。雅尼娜的内心愈加不满了，她想离开的渴望越来越迫切。“我到底为什么要来这鬼地方?”这时，马塞尔已经放好东西，走出酒店了。他们一起爬上了要塞台，这时已经五点了。此时，天空万里无云，湛蓝的天空惹人心醉。风停了，寒冷这会也变成了干冷，让人脸颊刺痛。爬到一半的时候，他们遇到一个上了年纪的阿拉伯人，他正靠在墙上，问他们需不需要导游。不过他没有进一步推销自己，就好像他已经看出来马塞尔他们一定会拒绝他一样。尽管每上几级台阶，都会有一小块平地让他们歇脚，但对他们来说，这楼梯依旧太长，依旧太过陡峭。他们终于走到一块很宽的平地，视线一下子开阔起来。这里的光线很柔和，空气依旧干冷。但他们从这里听到了绿洲小镇上每一种声音，这些声音那么纯粹、那么分明，就连周遭的空气似乎都在与这些声音共鸣。他们每迈出一步，似乎空气就新鲜一层，光线就明亮一级，声音就更强一阵。走上要塞台之后，他们的视线一下子迷失在棕榈林后的辽阔地平线中。雅尼娜听到整个天空中回响着一个音符，那回声逐渐萦绕在她头顶每一寸空间，然后一瞬间音乐停止了，她睁开眼看到眼前寂寥的大地。从东边望到西边，雅尼娜慢慢转动着视线，只感到视线所及之处，是一望无际的平原，那里没有任何突起，轮廓沿着地平线形成了一条平滑的弧线。在她脚下，是棋盘似的蓝白色的阿拉伯民宅，那里屋顶交错，点缀着红色的干辣椒。放眼望去，看不见任何生灵，但是从脚底深处却清晰地传来人们的笑声和脚步声。这些声音，伴着烤咖啡豆的香味，飘进雅尼娜的耳朵和鼻子里。再往远处看，就是被土墙划成大小不等面积的棕榈林。树顶的枝叶被风吹得飒飒直响，可这要塞台上却一丝风都没有。再往前看去，延伸到地平线顶端的是些赭石色和灰色的沙石地，那里荒凉贫瘠，毫无生机。就在距离绿洲不远的地方，在棕榈林西边干涸了的河道里，驻扎着许多黑色的帐篷。在帐篷的周围，是一群单峰骆驼。远远看去它们显得很小，只是一些黑点。它们一动不动地守护着这些帐篷，在灰色土地的映衬下好像一些奇怪的文字。这些文字的含义尚未弄清，等待后人破解。沙漠之上，寂静笼罩着天空。

雅尼娜把整个身子压在栏杆上，无言地看着这一幕景色，无法把自己从这寂寥中抽离出来。马塞尔在一边直跺脚，他很冷，想快点回去。这里到底有什么好看的啊？可雅尼娜却始终无法将视线从地平线上移开。在更远的尽头，在更南的南边，天与地在一条直线上相接。在更远的天际，似乎有什么在呼唤着她。她一直梦想找到它，她从未如此清楚地知道自己想要什么。在这薄暮笼罩下的傍晚，夕阳的霞光像化了的糖水，从透明的块状渐渐变成了柔和的液体。一个只是偶然得此机会到此一游的女人，多少年来第一次叩醒了自己的心门。这么多年来一直束缚着自己的习惯、规矩、烦闷正一点点解开。她看着远处牧羊人的帐篷，却无法看清其中住着的人。看着这毫无动静起伏的画面，雅尼娜真真切切地感受到了其中住着的人们的存在——他们精彩地活着！她以前从未意识到，她会如此疯狂地向往他们的生活。居无定所，与世隔离，他们只是一小群在这广袤天地间游荡的牧民。眼前这片土地，只是延绵数千英里，从北至南的辽阔土地中微不足道的一小块。从南边的尽头，一条河流潺潺流过这片热土，最终到达这一片棕榈林。从亘古久远的过去，便有一群人，不断地在这块不毛之地上流浪开垦。他们不为占有，不为奉献，一贫如洗，却骄傲自由，他们是这奇特王国里的无冕之王。雅尼娜不知为什么这样的想法让她有些激动、甜蜜，同时又有些难过。内心的情绪真是太多太杂了，她闭上了眼睛。她知道，这个奇特的王国会永远地吸引着她。可她也知道，自己永远也不会成为这王国里的一员，永远不会，除了此刻。她又睁开眼睛，看着寂寥的天空，感受着洒向广袤天地的霞光。一瞬间，时空静止了，天上的云不再流转，脚下城镇的喧闹戛然而止。似乎在这一秒，地球停止了转动，她的心也停止了跳动。在这一秒，人们不会老去，更不会死亡。在这一秒，一切生命都停止了，它属于永恒。只是此刻，在雅尼娜的心里，有什么东西悄悄地死了。她已受不起任何的苦与惊，只有在心底默默地哭泣。

太阳快落山了。此刻的夕阳在云层中显得格外分明。太阳在西边落下去，渐渐转为粉色。而与此同时，灰色的波浪云正蓄势待发，迫不及待地要冲出来淹没这荒芜的土地。远远地，听到一声犬吠，雅尼娜更觉得寒气席卷而来，冷得牙齿打颤。“真是冷死了！”马塞尔说道，“傻瓜，快回去吧！”说完，马塞尔笨拙地来牵雅尼娜的手，叫她一同下去。此刻，雅尼娜温顺了很多，她从矮墙边转过身，跟在马塞尔身后。楼梯旁那个老阿拉伯人依旧靠在墙上，瞪着他们下了楼。雅尼娜一路走，谁都没看，只顾着回去。疲惫和极寒让她佝偻着身体，以保存一些体温。她拖着身子往前走着，此刻她自己的体重都显得让她难以负担。刚才的激情已经荡然无存，此刻她只感觉自己太过笨重，身高体胖，脸色惨白，根本无法在刚才梦想的“奇特王国”中生存。只有孩童，或是少女，或是干瘦的牧羊人，又或是那个神秘的邪气军人，才能从容地踏上那块土地。像她这样的人，到那里又能做什么呢？无非是带着这沉重的躯壳去睡眠，直至死亡罢了。

雅尼娜拖着疲乏的身子，走进了餐厅。丈夫此时也少言寡语起来，只是絮叨着自己很累之类的话。雅尼娜感到自己处于发烧初期，而以她此刻的状态根本无力与感冒抗争。她又拖着身子上了床，马塞尔一言不发地走到床边，关了灯，便也和衣而睡了。房间愈加像个冰窖了。雅尼娜感到严寒正顺着她的胳膊和腿蔓延。她只感到呼吸困难，吸入的寒气冰冷彻骨。全身的血液滚烫，可自己依然感觉不到任何温暖。她渐渐感到了恐惧。翻了个身，她感觉到身下的铁床发出刺耳的声响。不，不要生病。丈夫已经酣然入睡，自己也该快些睡着才好。边窗中传来街道里熟悉的喧闹声。摩尔人的咖啡店里，留声机正放着一张有浓重鼻音的老唱片。熟悉的曲调随着缓慢移动的人群发出的嘈杂声，一圈圈萦绕在她的耳旁。她必须赶紧入睡了，可她还是无比清醒。她闭上眼睛，眼前却展开了一幅异常清晰明亮的画卷，她数着黑色的帐篷，看着一动不动的骆驼群……她只感到心里有说不出的寂寞和荒凉。是啊，她到底为什么要来这？想着，想着，她终于睡着了。

不一会，她又醒了。四周一片宁静。在这无声的夜晚，从小镇郊外的土地上传来的野狗的嚎叫听起来尤其清晰。雅尼娜冷得发抖。她转过身，感觉到了丈夫结实的肩膀。半梦半醒的她，忽然像有了依靠般凑到了丈夫身边。雅尼娜睡得很浅，但也不算清醒。她牢牢地抱住丈夫的肩膀，像迷航的小船终于靠了岸。她迷迷糊糊地说着话，可什么声音也发不出来。她能感觉到马塞尔的体温。二十年了，每晚他们都是如此依偎着入睡。不管是生病，还是在外旅行，还是像现在，他们需要彼此的陪伴。而且，话说回来，她一个人在家能做些什么呢？又没有孩子。难道这就是她最缺少的东西？她不确定。她只是习惯了有马塞尔的陪伴，她也很高兴自己被人需要着。雅尼娜从她丈夫身上感受到的唯一的安慰，便是他让雅尼娜感觉到自己是那么的重要，她是他生命中不可或缺的人。也许，他根本就不爱她。就算是满含愤恨的爱，也不会让爱人作出这样愠怒的面孔。他到底长什么模样？说不清楚。他们看不清彼此，通常只凭着摸索，在黑暗中做爱。除此之外，有没有黑夜之外的、光明正大的爱呢？她不清楚，她只知道马塞尔需要她，而她需要这种被需要的感觉。二十年来的每一天，她都靠着这份被需要的感觉活着，尤其在夜晚。马塞尔不喜欢孤独，不喜欢变老，更不喜欢死亡，这种胆怯雅尼娜偶尔在别的男人的脸上也见到过。在睿智的外表之下，他们总会隐藏这种胆怯，直到这种情绪快要爆炸，快要将他们撕碎，他们便会疯狂地扑向女人的身体去发泄这种情绪。很多时候，与欲望无关，他们只是需要一处来埋葬这份对于孤独和黑夜的恐惧。

马塞尔扭动了一下，似乎不想被人贴得这么近。不，他不爱她。他只是不喜欢别的女人罢了。他跟她早就应该分居，各自独眠，直到终老。可是谁能做到孤独终老呢？有些人是这样做的，那也只是因为他们天性如此，又或是遭遇了什么不幸，他们每夜独眠，只有死神为伴。马塞尔绝不会这样做。说到底，他其实是一个外强中干、手无缚鸡之力的孩子，他总会为疾苦烦恼。也许说他是雅尼娜的孩子更确切些，因为他需要她，此时他正好呢喃了一声她的名字。她蜷起身子，将手放在他的胸前。她默默地唤着自己给他取的爱称，现在他们也还会时不时地这样称呼彼此，却从不仔细思考名字背后的含义。

她用全身心呼唤着他。她太需要他了，她需要他的力量，她需要他那些小怪癖。她也害怕死亡。“如果我能克服这份恐惧，我一定很快乐……”突然，一份莫名的焦躁占据了她的心头。她转过身，仰面躺着。不，她什么都克服不了，她不快乐，她会死去，灵魂依旧被束缚着死去。她的心隐隐地痛了起来，胸口很沉，她突然发现自己已背负着这样的重压行尸走肉般度过了二十年。此刻，她拼尽全力想要挣脱这枷锁，她要自由！哪怕马塞尔，或是其他人从未自由过，她也要找到属于自己的自由！她彻底醒了，猛地坐起身，听着近处的声音。但是，她所能听到的，依旧是从近郊传来的声嘶力竭的、不知疲倦的犬吠声。起风了，她又听到了棕榈林树叶发出的水流声。这声音来自南方，在那里，沙漠与黑夜在无垠的天空下交汇融合。在那里生命停止了循环，没有衰老没有灭亡。忽然之间，棕榈树叶发出的流水声干涸了，周围恢复了一片死寂。她甚至不能确定刚才听到的声音是幻觉还是真实存在。这是一种暗示吗？雅尼娜告诉自己，如果曾经有一瞬间她可以有机会解答这些疑问，那一定就是现在。是的，就是现在！起码，此刻她拥有了一件自己确定的事情！

她悄悄起身，立在床边。她不敢轻举妄动，只是静静地听着丈夫均匀的呼吸。马塞尔睡得很沉。她还未来得及穿衣，便感觉到被窝中的余温已经迅速褪去，现在房间中的极寒像蛛网般再次将她缠绕。房间内一片漆黑，只有酒店外路灯的光从百叶窗中折射进来，微弱地洒在地板上。她在昏暗的灯光中找到自己的衣服，并就着灯光慢慢穿上。她提着皮鞋，踮脚走到房门口。一拔门闩，咔哒一声，在寂静的夜晚尤其响亮。她大气不出地站在门口，僵着身子等待着。她的心怦怦直跳，就快要冲出胸腔了。屋内还是一片安静，她稍微平复了心情。她绷紧神经，轻轻转动着门把手，这个过程是那么的漫长，她感觉仿佛过了一个世纪。门终于打开了，她探出身子，仔细地把门关上。接着，她用脸紧贴着木门，听着屋内的声响，等待着。听了好一会，她终于隐隐约约听见了马塞尔的鼾声。她松了口气，背过脸，感到贴门的半边脸像冰块一样冰凉。她跑过长廊，冲到楼下。酒店的大门已经关上了，她只得去自己拔门闩开门。守夜人突然出现在楼梯顶端，满脸睡意地埋怨着，说了几句阿拉伯语。“马上回来！”雅尼娜说完，便踏出门外，冲进了夜色。

远处，棕榈树和民居上的夜空中，星光串成圈，映在黑色的夜空中，仿佛一串钻石项链。此时的马路上空无一人，她沿着马路奔跑，直奔向要塞台。此时不再碍于烈日的淫威，夜晚的极寒将这深夜吞没。刀片一样的寒气穿过她的肺，她只感到生疼。但是她跑着，在这黑夜里，只靠着模糊的影像往前跑着。路灯的光随着她的脚步拉长，继而缩短，最后渐渐消失了。她忽然停下了脚步，听到一阵飞虫发出的嗡嗡声。接着，在散开的光晕里，她看到巨大的长袍覆在单薄的自行车轮上，长袍在风中摆荡。雅尼娜回过头，只看到三盏红色的车灯消失在黑暗中。她继续向着要塞台跑去。楼梯爬到一半，肺里一种快要被寒风撕裂的感觉让她不得不停下脚步。可她很快又继续向上跑去，最后一股能量在她体内燃烧。她跑上了要塞台，用腹部抵住栏杆，看着眼前的一切。她上气不接下气，而眼前的景象更像是一团水墨画。急促的奔跑没有给她带来温暖，她依旧止不住地颤抖。渐渐的，她吸入的寒气慢慢舒展开来，取而代之的是一阵温暖，像火花般在她体内绽放。她睁开眼睛，再次凝望着这片美景。

大漠之上，毫无声息。只有被风吹裂的石头，发出沉闷的碎裂声。石头终究会被风磨成沙子。这些时不时传来的破裂声，打破了这一片肃穆。过了许久，头顶的天空开始了缓慢的移动。在这干冷夜空的尽头，数以万计的星星若隐若现，在夜幕中炫耀着自己的光芒，如项链般闪耀。可一瞬间，项链似乎被剪断了，光芒一个接一个地隐匿在了地平线中。雅尼娜沉浸在这星火流转的美景中无法自拔。她与这些流星一起旋转，而这近乎凝固的画面一点点让她找到了自己的存在价值。寒冷与欲望正在进行最后的较量。在她面前，流星一个接一个坠落，被吞没在大漠与天际相交的尽头。每一次，雅尼娜都感到自己又进一步向这个夜晚敞开了心扉，她看到了生与死的漫长交替。只为逃避恐惧，她已经疯狂地、漫无目的地流亡了几十年，而今，她终于决定停下脚步。

同时，她终于寻着了自己的根，元气在她体内增长，她也停止了颤抖。她紧紧地压在栏杆上，拼命地向着这瞬息万变的苍穹探去。她在等待她扑腾的心回复平静，她在等待体内重建那一片安详。星座的最后几颗流星向着天际划去，天空又恢复了静止。接着，夜晚的寒气如水一般侵袭了雅尼娜，她被这股寒气淹没，在其中沉溺。从她最本真的内心深处，这一股寒流汩汩喷涌而出，一波一波涌上她的身体。她只感觉此刻口中都是冰凉，她禁不住发出一声呢喃。下一刻，苍穹迅速延展开，将她压在冰凉的土地上。

雅尼娜回到了酒店，同样小心翼翼，没有吵醒马塞尔。雅尼娜钻进被窝，马塞尔迷迷糊糊地嘟哝着。过了几秒，他又坐起身来，说了几句雅尼娜听不懂的话。接着，他打开房间里的灯，这一瞬间的光亮让雅尼娜眼前一蒙。他趔趄着走向洗脸盆，饮了很多矿泉水，接着回到床边，准备钻进被窝。他屈着腿，正一条腿跪在床上准备躺下，可这时他不解地看着自己的妻子。泪水夺眶而出，雅尼娜已泪流满面，不能自已。“没什么，亲爱的。”她哽咽道，“没什么。”

帕利亚诺公爵夫人

[法] 司汤达

林 敏 译

一八三八年七月二十二日，巴勒莫[1]。

我不是自然主义作家，对希腊语也只是一知半解。我去西西里岛[2]的主要目的，不是为了观测埃特纳的火山[3]现象，也不是为了我或他人来弄清古希腊作家对西西里岛的叙述。我到此旅游，首先是为了赏心悦目，放松心情。在这块奇妙的土地上，美景随处可见。人们也许会说，西西里岛和非洲相似。可是，有一点我很肯定，那就是，非洲与意大利的相似之处，只在于它们都激情似火。人们会说，对西西里人而言，他们一旦燃起爱恨的火

---

① 巴勒莫（Palermo）：是意大利西西里首府，位于西西里岛西北部。

② 西西里岛（Sicily）：是地中海中最大的岛屿，归属于意大利，是意大利最大的区。

③ 埃特纳火山（Etna）：位于意大利南部的西西里岛，是意大利著名的活火山，也是欧洲最高的活火山，海拔 3200 米。由于埃特纳火山处于几组地层断裂带的交汇处，一直活动频繁。

焰，根本就没有“不可能”这个词。是的，在西西里岛这个人间仙境，人们从来不为金钱利益结仇。

我注意到，在英国，尤其是在法国，经常能听到人们谈起“意大利式激情”，而那种狂热的激情，是意大利人在十六到十七世纪期间表现出来的。如今，那种贵族情怀已然不在，消失得一干二净。现在的意大利，上层社会的人都争相模仿法式风情，追赶巴黎或伦敦的流行趋势。

我很清楚，会有人提醒我，自查理五世[①]时代起（一五三〇年），那不勒斯[②]、佛罗伦萨，甚至罗马，都有模仿西班牙的倾向。可是，这些贵族的社会风俗，是建立在人们无比尊重它的基础之上的。人们不应该从心底尊敬它吗？这种社会风俗远远没有排斥力量，而是将力量夸大。一七六〇年左右，那些模仿黎世留公爵[③]的笨蛋，他们的首条准则就是，对什么都表现出无动于衷。现在在那不勒斯，人们都模仿英国的花花公子，而不是模仿法国傻瓜。英国花花公子的准则，不就是表现得高人一等，对什么都厌烦吗？

这样算来，在这个国家的上层社会里，“意大利式激情”已经消亡达一个世纪之久。

我们的小说家谈起“意大利式激情”，都表现得自信满满。

---

① 查理五世（Charles V）（1337—1381），是法国瓦卢瓦王朝国王（1364—1381 年在位）。

② 那不勒斯（Naples）：意大利南部第一大城市，坎帕尼亚大区以及那不勒斯省的首府，是仅次于米兰和罗马的意大利第三大都会区。

③ 黎世留公爵（Duc de Richelieu），是法国贵族，1629 年授予普瓦图一个小领主的后代，当时的首相为黎世留枢机主教。除了主教本人外，第三任公爵为法国元帅，第五任公爵曾两次成为法国首相。

为了了解它，我不得不查找历史资料。可是，才子写的重大历史事件，常常过于浮夸，鲜有涉及细节描写。他们不肯屈尊记录蠢事，除非那些蠢事是国王或王子所为。我想从各个城市的本土历史入手，可是资料浩如烟海，我惊骇不已，查找起来如大海捞针。哪怕是一个小镇，当地人都会自豪地拿出不少历史资料，四开印刷本有三四卷，手抄本足有七八卷之多。手抄本的字迹几乎无法辨认，写满了缩写词，字体怪异。最有意思的是，手抄本中记录的多为当地人的说话方式，到百里之外的地方，就已经无人能懂其中含义了。在意大利这个美丽的国度里，曾经种下许多爱情的苦果，酿成不少悲剧，已经无法考证了。只有在佛罗伦萨[①]、锡耶纳[②]、罗马三座城市，口语与书面语相差不大，而在其他地方，口语与书面语相差极大，几乎没有联系。

所谓“意大利式激情”，即只顾自己高兴，而没有“让邻居对自己有个好印象”的行为。它起始于十二世纪社会复兴之际，约在一七三四年终结（至少高雅人士没有这种激情了）。在那期间，波旁家族[③]的唐·卡洛斯统治着那不勒斯。唐·卡洛斯的母

---

① 佛罗伦萨（Florence）：意大利中部城市，托斯卡纳区首府。它被认为是文艺复兴运动的诞生地。

② 锡耶纳（Siena）：位于意大利南托斯卡纳地区的城市，是锡耶纳省的首府。

③ 波旁家族（the Bourbons）：欧洲历史上曾断断续续统治过纳瓦拉、法国、西班牙、那不勒斯与西西里、卢森堡等国和意大利若干公国的跨国家族。

亲出身法尔内塞家族[①]，是腓力五世[②]的第二任妻子。腓力五世是路易十四[③]的孙子，他个性忧郁冷淡，但是面对枪林弹雨却无所畏惧，尤为酷爱音乐。我们得知，歌艺超群的宦官法拉内利[④]，每晚为他献唱三首他最喜爱的歌曲，二十四年来天天如此，曲目从未变过。

对于人们在罗马或那不勒斯所感受到的激情，一个哲学家可能会对其详细情形产生好奇。可是我得说，给小说中的人物起个意大利的名字，再也没有比这更荒唐的事情了。往北走一千里，激情就会发生变化，我们都同意这个观点。难道马赛和巴黎的爱情都一样吗？我们最多只能说，长久受同一种政体形式统治的国家，它们的社会习俗在表面上会有些类似。

风景与激情、音乐一样，我们往北走上三四度，就会有所变化。即使在意大利，人们欣赏那不勒斯的自然风光，也会感到不习惯。所以，如果在威尼斯看到那不勒斯的风景，人们更会觉得荒谬可笑。在巴黎，我们还要更荒唐，我们以为那不勒斯的风景

---

① 法尔内塞家族（Farnese）：是文艺复兴时期意大利颇有影响力的家族。

② 腓力五世（Philip V）（1683—1746），十八世纪西班牙国王，于1700年至1746年在位。他是西班牙波旁王朝的第一位国王。他是法国路易王储之子，法国国王路易十四之孙。

③ 路易十四（Louis XIV）（1638—1715），是法国波旁王朝著名的国王，执政期从1643年至1715年，自号太阳王。

④ 法拉内利（Farinelli），十八世纪初期欧洲著名的音乐家、歌唱家，意大利著名的阉伶歌手。他得到西班牙国王腓力五世的赏识，在宫廷任职。

和威尼斯一样，有着森林和被开垦过的平原。以卡纳莱托[①]为例，我们甚至还希望他的画和萨尔瓦多·罗萨[②]的画用色完全一样。

一位英国女士，天生具备岛国的各种优点，却被描绘成爱憎混淆的人，即使在那个岛国上也是如此，这可谓是荒谬至极。安·拉德克利夫[③]夫人的著名小说《意大利人》或《黑衣苦修士的告解座》里，她就给其中的人物起了意大利名字，赋予人物强烈的激情。

我所讲述的这篇故事叙述简单，有时会过于直率，也会让人感到惊诧，可是我并不将之修饰润色，希望读者可以宽容。例如，帕利亚诺公爵夫人的表兄马尔塞·卡佩斯向她告白求爱，她的回答我是照着原文翻译的。这个家族的专题文章，居然出现在巴勒莫历史手抄本第二卷的末尾处，由于原因不明，事实不清，我也无法添加任何细节。

我把这个故事删减了不少，这让我感到很是遗憾（我删去了许多有特色的场景描写）。这个故事与其说它描写了关于激情的有趣故事，倒不如说它描写了不幸的卡拉法家族最后的冒险活动。文学上的虚荣心暗示我，如果深入展开叙述，猜测故事人物的内心感受，再向读者娓娓道来，可能会让许多场景更加具有趣味性。只是，我一个年轻的法国人，出生在巴黎北部，面对这些

---

① 卡纳莱托（Canaletto）（1679—1768），意大利风景画家，尤以准确威尼斯风光而闻名。

② 萨尔瓦多·罗萨（Salvator Rosa）（1615—1673），十七世纪意大利巴洛克最狂野的创新派画家。他发明了绘画的新类型：寓言绘画。

③ 安·拉德克利夫（Anne Radcliffe）（1764—1823），是最具代表性的英国哥特式小说女作家。

生活在一五五九年的意大利人，我能猜出他们心里想着什么吗？我最多能猜出，一八三八年的法国读者喜欢看什么样有趣的故事。

在一五五九年，这种表达激情的方式风靡意大利。激情要求的是行动，而非语言，因此，读者会发现，在以下的故事中对话很少。这对我的翻译不利，因为我们已经习惯了小说中的人物长篇大论的对话。对小说人物而言，一场对话就是一场对决。请读者见谅，因为这个故事特点鲜明，描述了西班牙风情融入了意大利的生活方式，我无法加入大量的对话。我是一个译者，我不能擅离职守。这个故事真实再现了十六世纪人们的思维方式，以及故事中历史学家的叙述风格（显然，这位绅士是不幸的帕利亚诺公爵夫人家族的下属）。对我而言，这些就是这个悲惨故事的主要优点，如果它有优点的话。

在帕利亚诺公爵宫廷内，曾风行最为严厉的西班牙式礼仪。如果你注意的话会发现，每个红衣主教，罗马的每个亲王都有一个类似的宫廷，你可以想象宫廷内的装潢，装潢必定体现出了一五九九年的罗马文明。你不要忘记，在这个时期，菲利普二世[①]为了玩弄选举阴谋，需要两位红衣主教的支持，并给他们每人二十万里拉作教会圣俸。那时，罗马尽管没有骁勇善战的军队，却依然是世界之都。而巴黎在一五五九年时，还只是个蛮夷之地，尽管也有其可爱之处。

吉安·皮埃德罗·卡拉法，他虽然出生于那不勒斯王国最高

① 菲利普二世（Philip II）（1527—1598），哈布里堡王朝的西班牙国王，于1556年到1598年间在位。他的执政时期是西班牙历史上最强盛的时代。

贵的家族，可是他言行举行粗暴、蛮横、无礼，更像是一个牧羊人。他穿了件长袍（教士服），少年离家，去了罗马。在罗马，他沾了表哥奥列维·卡拉法的光，得了不少好处，因为他表哥是红衣主教兼那不勒斯大主教。起先，无所不知、无所不能的伟人亚历山大六世①，让他当了侍从（相当于我们所说的副官），后来，尤里乌斯二世②提名他当基耶蒂③的大主教，保罗教皇上台后，又封他为红衣主教，最后，一五五五年五月二十三日，红衣主教团闭门密谋，数次争论，最终推选他为新教皇，号称保罗四世④，当时他已经七十八岁了。不久，那些把他推上圣彼埃尔宫宝座的人，一想到这位新任教皇为人严苛凶残，又极为虔诚，便不由得浑身颤抖起来。

这场选举的结果令人意外，消息传到那不勒斯和巴勒莫后，引发了一场革命。几天以后，著名的卡拉法家族有无数成员赶到罗马，人人都得到了职位。当然，教皇对他兄弟蒙托利约伯爵的三个儿子青睐有加。

---

① 亚历山大六世（Alexander VI）（1431—1503），罗马教皇史上第216位教宗，于1492年到1503年在位。出身西班牙的博尔吉亚家族，以贿选得任。

② 尤里乌斯二世（Julius II）（1443—1513），于1503年到1513年在位。为教皇史上第218位教皇。被教廷认为是历史上最有作为的25位教皇之一。

③ 基耶蒂（Chieti）：位于意大利中部阿布鲁佐大区的一个城市，基耶蒂省的首府。

④ 保罗四世（Paul IV）（1476—1559），俗名吉安·皮埃德罗·卡拉法，出生于意大利那不勒斯，曾任罗马宗教审判大法官，1518年任大主教，1536年晋升枢机主教。1555年3月23日接替登位只有23天的马塞勒斯二世成为教皇。

老大堂·胡安早就结婚了，被册封为帕利亚诺公爵。他的公爵领地是从马肯托尼欧·科隆纳手中夺来的，这块领地管辖了许多村庄和小镇。老二堂·卡洛斯是马耳他骑士团成员，曾经打过仗。他被册封为红衣主教，兼博洛尼亚[1]总督和首相。他为人果敢，忠于家族传统，敢于仇恨世上最有权势的君主（菲利普二世[2]，西班牙和印度的国王）；他爱憎分明，毫不掩饰。老三堂·安东尼奥·卡拉法，也已成婚，教皇册封他为蒙特贝洛侯爵。最后，他准备把他兄弟二婚生下的女儿嫁给法国王储，法国国王亨利二世[3]的儿子弗朗索瓦为妻。保罗四世声称，要从西班牙国王菲利普二世手中拿来那不勒斯王国，给侄女作嫁妆，毫无疑问，卡拉法家族仇恨这位强大的西班牙国王，想要除掉他。读者会看到，后来，这位国王利用卡拉法家族的弱点，成功地摧毁了这个家族。

保罗四世登上圣彼埃尔宫的宝座，成为当时世界上最有权势的人，即使是大名鼎鼎的西班牙君主，在教皇面前也要黯然失色，毕恭毕敬。他继位以来，树立了道德的榜样，他的大多继任者也是如此。他是一位伟大的教皇，也是一位伟大的圣徒。他致力于改革教堂滥用职权的现象，在他的努力下，不再召开主教大会。尽管罗马教廷各教派纷纷要求召开主教大会，可是这样一个

---

① 博洛尼亚（Bologna）：是意大利城市，是艾米利亚罗马涅的首府。它是意大利北部的历史文化名城，是意大利最古老的城市之一。

② 菲利普二世（Felipe II）（1527—1598），哈布斯堡王朝的西班牙国王（1556年—1598年在位）和葡萄牙国王。他的执政时期是西班牙历史上最强盛的时代。

③ 亨利二世（Henry II）（1519—1559），法国瓦卢瓦王朝国王（1547年—1559年在位）。

英明的策略，教皇就是不予批准。

那时的风俗如今已经淡出人们的记忆，被渐渐遗忘了。按照当时的习惯，最高统治者只信任与自己利益一致的人，因此教皇依靠三个侄子来实行专制统治。红衣主教是首相，由他来执行伯父的旨意；帕利亚诺公爵被任命为神圣教会军队的将军；蒙特贝洛侯爵当了皇宫卫队队长，没有他的准许，没人可以踏进皇宫一步。很快，这几个年轻人就开始滥用职权，为非作歹，为所欲为，只要有人和他们家族对抗，他们就霸占那个人的家产。人们不仅担心自家的财产安全，还担心妻女的名誉不保。在烈女卢克莱丝的祖国发生这种事，说来真是可怕。帕利亚诺公爵和他的兄弟们强抢美女，看中谁谁就要遭殃。人们吃惊的发现，出身高贵的人也难逃他们的魔爪。更恶劣的是，他们甚至连修道院都不放过。人们陷入绝望中，无处伸冤，不知该找谁控诉。想见教皇的人，一想到这三兄弟就害怕，不敢有所行动，因为他们甚至对使节也傲慢无礼。

在伯父登上教皇宝座之前，公爵就已经娶了维奥朗特·德·卡多纳，她的家族流着西班牙血统，在那不勒斯尤为尊贵，哪怕在尼罗河区[①]也是数一数二的显贵之家。

维奥朗特貌美无双，风情万种，又善于曲意奉承取悦他人，这些都让她远近驰名。可是她更为突出的特点是为人自负，盛气凌人。不过，说句公道话，她临死前忏悔，在嘉布遣会修士面前什么都没说，行为之高尚也确实难能可贵。她把阿里奥斯托[②]的

---

① 尼罗河区：古时那不勒斯的一个居民区，住的都是大家贵族。

② 阿里奥斯托（Ariosto）（1474—1533），是意大利文艺复兴时期的著名诗人。

长篇传奇叙事诗《罗兰》、彼特拉克[1]的大部分十四行诗、佩柯罗纳的故事等文学佳作都熟记在心，还能背诵出来，的确不简单。实际上，当她和同伴谈起新奇的点子时，样子更加迷人。

她生了个儿子，儿子被册封为卡维公爵。她的兄弟堂·弗兰特是阿利弗伯爵，看到姐夫飞黄腾达，他不禁怦然心动，也来到罗马。

帕利亚诺公爵的宫廷富丽堂皇，那不勒斯上层社会的年轻人都想前去拜访，认为那是一种至高无上的荣耀。在公爵喜爱的年轻人中，罗马人最为赞赏的是马赛尔·卡佩斯（他也是尼罗河区的一员）。他是一位年轻的绅士，才智过人，长相俊美，在那不勒斯声名远播。

公爵夫人有个亲信，叫戴安娜·布朗卡乔，三十岁，是蒙特贝洛侯爵夫人的近亲。罗马人都说，公爵夫人对她很是亲切，什么秘密都告诉她，不过这些秘密只与政治相关。公爵夫人撩拨他人，让人对她心生爱慕，但她却从不与人分享这样的私事。

听了卡拉法红衣主教的建议，教皇对西班牙国王宣战，法国国王派军队前来支援，这支军队由吉斯公爵统帅。

不过，我们不谈这些事情，只说在帕利亚诺公爵宫中发生的事。

一直以来，卡佩斯都疯疯癫癫，举止怪异。事实上，这个可怜的年轻人居然爱上了他的女主人——公爵夫人，可是又不敢对她表白。但是，他并未彻底绝望，因为他知道，丈夫冷落公爵夫人，她为此非常气愤。帕利亚诺公爵在罗马有权有势，公爵夫人

① 彼特拉克（Petrarch）（1304—1374），意大利诗人，不仅是人文主义的奠基者，而且是近代诗歌的创始人。

当然清楚，每天都有罗马最富盛名的美女到她的宫殿，与公爵幽会，这样的侮辱让她忍无可忍。

在教皇保罗四世的神甫中，有一位为人可敬的修士，每天负责陪教皇诵读日课经。有一天，也许是受了西班牙大使的唆使，他冒死斗胆向教皇揭发教皇侄子们的所有罪行。教皇因此忧心忡忡，他本不愿相信，可是来自四面八方的证据确凿，他无法反驳。一五五九年的元旦，发生了一件事，证实了教皇的所有怀疑，可能也促使他下定了决心。出事的那天恰好是耶稣基督的割礼纪念日，这让虔诚的教皇感到深受冒犯。事情是这样的：帕利亚诺公爵的秘书安德烈·朗弗兰奇，设下盛宴招待卡拉法红衣主教。为了让红衣主教在大快朵颐之际，还能添点兴致，他还特意邀请了马图夏尔作陪。马图夏尔是罗马城内最漂亮、最有名、最富有的妓女，无巧不成书，公爵最喜欢的卡佩斯，就是暗恋公爵夫人的那个人，他被认为是世界之都最英俊的人，他痴迷马图夏尔也有段日子了。那天晚上，他找遍所有地方，也没找到马图夏尔，当他听说，朗弗兰奇家在召开晚宴，就猜到发生了什么事。午夜时分，他带着一大群全副武装的人，去了朗弗兰奇家。

门开了，他被邀请一同参加晚宴，可是，他没说几句话，就给马图夏尔使了个眼色，让她起身跟他一起走。马图夏尔正在犹豫，面带难色，预感可能会因此而惹上是非。这时，卡佩斯也许猜出了马图夏尔的心理，就从座位上站起身来，走向她的身边，抓住她的手，想把她带走。红衣主教坚决反对，因为马图夏尔今晚是来陪他的。卡佩斯却坚持要带她走，硬是把她拖出了餐厅。

红衣主教身兼首相，当晚他是换了衣服前来赴宴的，已经消减了他平日的威严跋扈。此刻，他抽出剑来，想显示他的胆识过人，这是全罗马人都熟知的，很显然，他要阻止卡佩斯带走马图夏尔。卡佩斯一怒之下，喊来了他带来的人，他带来的人大多为那不勒斯人，他们首先认出了公爵的秘书，然后又认出了红衣主教，尽管主教换了衣服，样子和平时有别。他们一看情况不对，迅速把剑收回剑鞘，开始调停这场纷争。

混乱中，马图夏尔本来被人团团围住，马赛尔·卡佩斯还抓着她的左手，现在，她灵机一动，趁着他们争吵不休之际，借机逃走了。马赛尔发现她不见了，赶紧去追，他的人也紧跟其后。

晚上天黑，人们不知道发生了什么事情，便议论纷纷，各种奇谈怪论就流传开来。第二天，也就是一月二日的早上，一个消息传遍了罗马，说是教皇的侄子和马赛尔·卡佩斯打架了。帕利亚诺公爵统领教会军，认为这件事太过严重，加上他和弟弟关系不大好，当晚就逮捕了朗弗兰奇。第二天早上，他又抓了卡佩斯。后来，他发现这件事没有人员伤亡，把这些人抓去坐牢，只会让流言传得更凶，而且这些流言都对红衣主教不利。公爵赶紧释放犯人，三兄弟齐心合力，想把事情平息下来。他们起先以为事情成功摆平了，可是，到了第三天，这件事就传到教皇的耳朵里。于是，他派人把两个弟弟叫来，商谈许久。作为一位虔诚的亲王，受到如此冒犯，他也只能这么做了。

一月五日，大批红衣主教聚在教廷讨论事宜。教皇首先提起这件可怕的事情，他责问在场的红衣主教，竟敢对他隐瞒此事：

“你们装聋作哑，可是丑闻依然玷污了你们的尊严！你们是始作俑者！卡拉法红衣主教厚颜无耻，在公众场合身着盛装，手握佩剑，为了什么？竟然是为了抢一个下贱的妓女！”

教皇大发雷霆，整个宫廷内一片肃静。一个八十岁的老人痛斥自己钟爱的侄子，因为侄子忤逆了他的意愿，出于愤怒，教皇扬言要摘下侄子红衣主教的帽子。

教皇火气还没消，托斯卡纳大公的使节又前来申诉，说身为首相的红衣主教最近冒犯了他，这件事火上浇油，让教皇的怒火烧得更旺了。直到那时，红衣主教还是手握重权的。有一天，他为教皇办差，教皇却把他晾在候见室，让他等了四个小时之久，候见室人来人往，都看到他在苦等教皇召见。最终，教皇没有见他，就打发他走了。红衣主教的自尊心强，我们可以想象，这件事给他多大的打击。他很是恼火，也并不打算服软，心想，一个糟老头子，一辈子都护着自己的家族，又不惯于处理世俗事务，今后总得要找他帮忙的。可是，教皇的美德战胜了一切。他召来全体红衣主教，盯着他们看了许久，却一言不发，最后，教皇泪流满面，向大家道歉：

“我老了，精力都放在教务上，没有多余的精力处理世俗事务。你们知道，我在努力消除一切陋习，因此才把处理世俗事务的权力交给了三个侄子，可他们却滥用职权。现在，我要将他们永远驱逐。”

然后，教皇宣读了一份敕书，撤去三个侄子的一切职务及封号，并把他们发配到蛮荒之地幽禁。红衣主教兼首相流放到契维塔·拉维尼亚；帕利亚诺公爵流放到索里亚诺；蒙特贝洛侯爵流放到原先属于他的领地蒙特贝洛。这份敕书还剥夺了公爵的俸禄，总计七万两千皮阿斯特[①]（在一八三八年合计一百万法郎）。

他们不能违抗这些严厉的法令，当时，全罗马的人都憎恨卡拉法家族，视他们为敌，监视着他们的一举一动。

帕利亚诺公爵到索里亚诺的住处安顿下来，由妻弟阿利弗伯爵和莱昂纳多·戴尔迪卡奈护送。公爵夫人和她婆婆则住在嘎莱

---

① 皮阿斯特（piastre）：古代西班牙货币名。

兹。嘎莱兹是一个破败的小村子，离索里亚诺有二十里远。

村子附近，风景宜人，可是，他们是被逐出罗马流放到此的，而不久前他们在罗马还不可一世，手握重权，巨大的落差让他们没有心情欣赏如此美丽的风景。

马赛尔·卡佩斯和别的臣子一起，跟着女主人来到她流放的破村子。前不久，这位女士在罗马还是万众热爱，有权有势，地位高贵，又个性高傲，现在发现身边只有出身低微的农民，这些农民全都惊愕地看着她，提醒她时刻不要忘记自己已经大不如前了。她无法得到任何安慰，伯父年事已高，可能还没来得及想起侄子们就死了。更为不幸的是，三兄弟彼此仇恨，甚至还有人说，公爵和侯爵对红衣主教不满，因为红衣主教脾气暴躁、个性冲动，他们在教皇伯父面前对他也颇有微词。

卡拉法家族被罢黜之际，又发生了一件事情，公爵夫人和卡佩斯都为此而身遭不幸。同时，这件事也表明，在罗马，卡佩斯追赶马图夏尔，并非因为他对马图夏尔动了真情。

有一天，公爵夫人派人叫卡佩斯过来，要他办件差事。卡佩斯发现，自己与公爵夫人独处一室，这样的机会很难得，一年也没有几次。他发现，公爵夫人接见他的房间里没有其他人在，便一言不发，暗自寻思起来。他小心谨慎，走到门口查看是否隔墙有耳，然后鼓起勇气对公爵夫人说了下面的话：

“夫人，我说话鲁莽，您听了不要生气，也不要烦恼。一直以来，我爱您胜过爱自己的生命。您貌若天仙，我为之痴迷，如果我一时冲动，像一个爱人一样盯着您看，您千万不要怪罪于我，我是情不自禁才会这样的。我心里难受，如刀割火烤，我不求熄灭我心中的爱火，只求您宽宏大量可怜可怜我，我不过是个对您谦恭有礼的奴仆罢了。”

听到这番话，公爵夫人显得非常惊讶，更多的是愤怒。她说：

“马赛尔，你把我看成什么人了？居然敢向我求爱？难道我的生活作风不检点，我的言谈举止不得体，让你以为可以对我如此无礼吗？你怎么这么不要脸，以为我除了丈夫以外，还能和你或者其他男人有什么吗？我体谅你是糊涂了，才对我说了这番话。可是，你给我小心了，以后不要再犯同样的错误，否则，我发誓，准叫你吃不了兜着走。”

公爵夫人丢下他，气冲冲地走了。事实上，卡佩斯言行冒失，他不该对公爵夫人表白爱意，而应该让她慢慢感受到他的爱。他怔怔地站着，沉默不语，心里忐忑不安，生怕公爵夫人会告诉她丈夫刚才的事，不由得焦虑不安起来。

可是，接下来发生的事情和他担心的事情截然不同。在这个荒僻的村子里，高傲的帕利亚诺公爵夫人没守住秘密，她没告诉她丈夫，却忍不住把卡佩斯的话告诉了她的心腹，戴安娜·布朗卡乔。这个女人三十岁，正忍受着爱火的煎熬。她有着一头红头发（历史学家多次提到这点，似乎就是因为红头发，才能解释戴安娜·布乔亚欧的疯狂举动）。她疯狂地爱着多米齐安诺·弗纳利，这位绅士是蒙特贝洛侯爵家的下属。她想嫁给弗纳利为妻，可是侯爵夫妇和她是亲戚，怎么会同意她嫁给自家的下属呢？这个障碍无法逾越，至少表面看来确实如此。

对戴安娜而言，成功的机会只有一次：她必须获得侯爵的哥哥帕利亚诺公爵的支持，一旦如此的话，她还有点希望，因为公爵待她如家人，而非仆人。他个性单纯、本性善良，对繁文缛节没有两个弟弟那么在意。他虽然年轻，但位高权重，想要什么都很方便。他很爱妻子，对妻子也忠心耿耿，妻子如果坚持有所要求，他肯定不会拒绝。

卡佩斯冒险向公爵夫人表白，对用心险恶的戴安娜而言，却是一件意料之外的好事。她的女主人向来谨言慎行，她一直没有找到破绽，心中很是恼火。如果女主人为情所动导致犯错，就会一刻都少不了她。况且，她又知晓女主人的所有秘密，那么从女主人那儿想要什么应该都不在话下。

于是，她不劝说公爵夫人应该小心谨慎，也不说宫廷里耳目众多，这种事情一旦暴露会遭大祸，而且，戴安娜怀着满腔热情，和女主人聊马赛尔·卡佩斯，就像她常说起多米齐安诺·弗纳利一样。每天，她们两人独处时，都说闲话来消磨时光打发寂寞。戴安娜在闲聊时，总能找到借口，引导公爵夫人想起可怜的马赛尔。他魅力四射、英俊潇洒，看似十分忧郁；他和公爵夫人一样，出身那不勒斯的显贵世家；他的言谈举止和他的血统一样高贵；他只是没什么财产，但是世事变幻莫测，说不定哪天他就能发笔横财了，那么他的各方面条件就能和他所暗恋的女子旗鼓相当了。

戴安娜欣喜地发现，她说的这些话开始奏效了，公爵夫人对她更加信任了。

她趁热打铁，又告知马赛尔·卡佩斯关于公爵夫人的情况。

酷热难耐的夏天，公爵夫人常去嘎莱兹村附近的树林里散步，在太阳落山之际，她会爬上树林中的山丘，等着海风吹来。在山顶上，她能看见十几里以外的大海。

马赛尔也在这片树林里闲逛，这并不违背严格的礼仪。戴安娜让他藏在树林里，据说只是为了能遇上公爵夫人，造成突然遇到的假象。由于戴安娜为他说了不少好话，公爵夫人对他的印象已经有所改变，就等戴安娜给马赛尔信号。

戴安娜看到女主人内心已经有些动摇，而这正是她推波助澜的结果，也是她最需要的结果。她对多米齐安诺·弗纳利也表现出一片深情，现在，她可以肯定自己能嫁给他了。不过，多米齐安诺头脑清醒，个性冷静稳重，他的情妇戴安娜言行放肆，又太过热情，不但没拴住他的心，反而让他反胃生厌。戴安娜是卡拉法家族的近亲，关于他们二人的恋情，若有一丝风声传到可怕的卡拉法红衣主教的耳朵里，他准得死于非命不可。红衣主教虽然是帕利亚诺公爵的弟弟，却是这个家族真正的首领。

过了一段时间，公爵夫人已被卡佩斯的热情所融化。可是有一天，多米齐安诺·弗纳利却不见了，他不在蒙特贝洛侯爵被流放的村子里。后来，人们得知他从聂图诺[1]小港口坐船走了，大概是改名换姓了，从此杳无音讯。

怎么形容戴安娜的心情呢？从此，她就老是在公爵夫人面前埋怨命运，有一天，好心的公爵夫人又听她抱怨了一通，便表现出对这类话题已经听厌了的神情。戴安娜看到后，感到情人看不起她，内心备受煎熬苦痛；公爵夫人又不耐烦听她诉苦，内心深受刺激，于是便得出如下奇怪的结论。戴安娜认为，是公爵夫人逼迫多米齐安诺·弗纳利永远离开她的，还给他出了旅费。以前公爵夫人曾经指责过她，她就以此为据，认为是公爵夫人在背后捣鬼。她起了疑心以后，立刻就展开报复，于是她找机会求见公爵，说了他的妻子和马赛尔·卡佩斯之间的事情，可是，公爵不肯相信她的话。他说：

“你给我记好了，过去十五年来，公爵夫人一点小错都没犯

---

① 聂图诺（Nettuno）：是意大利罗马省的一个市镇，在意大利中部靠近海边。

过。我们在罗马时，她就抵挡住了宫里宫外王公贵族的诸多诱惑。那些人中有最引人注目的亲王，甚至还有法国军队的将军吉斯公爵本人，这些人都不入公爵夫人的眼，你居然说她看上了一个小贵族!”

一直以来，公爵在索里亚诺都无所事事，他被流放的这个村子，离他妻子的住处有二十里远，相见不太容易。戴安娜却设法多次觐见公爵，还让公爵夫人对此浑然不觉，她善于捏造是非，因为生气反而变得舌如巧簧。她对公爵描述了许多细节，复仇成了她唯一的乐趣。她反复说道，几乎每天晚上十一点左右，卡佩斯都溜进公爵夫人的房间，直到凌晨两三点才离开。戴安娜的这些话，起初并未给公爵造成多大影响，他不愿自寻烦恼，为了到妻子的房间里捉奸，大晚上的跑上二十里路去嘎莱兹。

可是，有一天晚上，他去了嘎莱兹，那时太阳已经下山了，天还没黑。这时，头发蓬乱的戴安娜突然闯进公爵待的房间，房间里的其他人见状都退了出去。戴安娜报告说，马赛尔·卡佩斯刚进了公爵夫人的卧室。公爵当时大概是心情不好，拿起匕首就跑去妻子的房间，从一道暗门冲了进去，在妻子的房间里，他果然看到了马赛尔·卡佩斯。这对情人，看到公爵进来，脸色确实大变，可是，他们的姿势应该没有遭到谴责的地方。公爵夫人坐在床上，正忙着记她刚花费的一笔小账。房间里还有一个女仆。马赛尔站着，离床有三步远，一切都很自然。

可是，公爵仍然怒不可遏，上前掐住马赛尔的喉咙，把他拖到隔壁的房间，然后命令他扔掉随身佩戴的短剑和匕首。马赛尔照做之后，公爵喊来护卫，立刻把马赛尔扔进索里亚诺的牢房。

公爵夫人则被留在她自己的房间里，公爵命人严加看守。

公爵绝不是个残忍的人。他看来想把丑闻遮掩起来，不想颜面尽失，以免逼得他采取极端手段。他想让别人以为，马赛尔入狱是为了别的事情，于是，他对外宣称，马赛尔两三个月前，以高价买进了许多大蟾蜍，意图毒死他。可是，马赛尔坐牢的真正原因人尽皆知。公爵的弟弟红衣主教派人前去询问，公爵打算什么时候，用罪人之血来洗清家族的污点。

公爵喊来小舅子阿利弗伯爵，还有世交安东尼奥·托朗多帮忙，他们三人组成了法庭，共同审判马赛尔·卡佩斯，指控他与公爵夫人通奸。

世事无常，保罗四世驾崩了，继任者为教皇庇护四世[①]，属于西班牙一派。西班牙国王菲利普二世要求处死红衣主教和帕利亚诺公爵，教皇言听计从。兄弟俩被带到地方法官面前，他们受审问的时间不长，但我们依然可以从供词中得知处死马赛尔·卡佩斯的详情。

证人众多，其中一位作了如下证词：

当时，我们住在索里亚诺。我的主人公爵和阿利弗伯爵谈了很久……深夜，我们去了地牢，公爵命人准备了绳子，用来审问被告。在场的有公爵、阿利弗伯爵、安东尼奥·托朗多和我。

第一个被传唤的证人是卡米罗·格里弗纳上尉，是卡佩斯的知己好友。公爵对他说：

“朋友，说实话。马赛尔到公爵夫人房间干什么，你知道吗?”

“我什么都不知道，最近三个多星期，我都没和他说过话。”

由于他固执地不肯多说，公爵从外面叫来几个护卫。格里弗

---

① 庇护四世（Pope Pius IV）（1499—1565），是意大利籍教皇（1559—1565年在位）。

纳被索里亚诺的行政官用绳子绑了起来，护卫们拉起绳子，把他吊在半空中，离地几寸高。这样吊了整整一刻钟，格里弗纳受不了，求饶说：

“放我下来，我把知道的事情都说出来。”

把他放下来后，护卫们退出房间，只剩下我们和上尉待在地牢里。

“确实有几次，我陪马赛尔去过公爵夫人的房间，其他的我就不知道了，因为我都是在旁边的院子里等他，一直等到凌晨一点。”

公爵又把护卫们喊了进来，下令把上尉再吊起来。不久，上尉叫道：

“放我下来，我说实话。是真的，过去几个月来，我发现马赛尔和公爵夫人相爱了，我本想通知阁下您或莱昂纳多先生，但又不太确定。每天早晨，公爵夫人都要询问马赛尔的情况，经常送他一些小礼物，比如价格高昂的精制蜜饯果脯。我还看过马赛尔戴过一串细细的金链子，做工精细，肯定是公爵夫人给他的。”

说完，上尉被押回牢房。接着，公爵夫人的门房被带了进来。可是他也说自己一无所知，也被绳子绑起来，吊在空中。过了半小时，他说：

“让我下来，我告诉你所有的事情。”

可是，把他放下来了，他又说自己什么都不知道，结果又被吊了起来，过了半个小时，他被放了下来。他辩解道，他伺候公爵夫人的时间没多久，不知道实情。也许这个门房确实一无所知，就被押回牢房。由于次次都要护卫来回进出，审讯花了很长时间。护卫们以为，公爵审讯马赛尔，是因为马赛尔从蟾蜍身上提取毒液，意图毒杀公爵。

公爵下令审讯马赛尔·卡佩斯的时候，夜已经很深了。护卫离开房间后，门从里面反锁上了。公爵问卡佩斯：

“你在公爵夫人房里待到凌晨一两点，有时甚至四点才走，在干什么呢?”

马赛尔矢口否认。公爵把护卫喊来，把马赛尔吊了起来，把他的手臂都吊脱臼了，他疼痛难耐，恳求公爵放他下来。护卫让他坐在一张椅子上，可是他坐下来后，说话就颠三倒四，不知所云。公爵把护卫叫来，又把马赛尔吊了起来，过了许久，马赛尔求公爵放他下来。

“是的，”他说，“我在不合适的时间进了公爵夫人的房间，可我是在和戴安娜·布乔亚欧谈恋爱，她是公爵夫人的贴身女伴，我答应娶她为妻，只要不失体统，她什么都愿意。”

马赛尔被带到牢房与上尉、戴安娜对质，戴安娜一概不承认马赛尔说的话。

于是，马赛尔被重新押回牢房，我们当时站在门口。

“公爵大人，”马赛尔说，“您记住，你答应过我，只要我说真话就饶我一命。不必用绳子了，更不要把我吊起来，我什么都告诉您。”

然后，他走到公爵跟前，声音发颤、口齿不清地说，他的确获得了公爵夫人的欢心。听到这话，公爵扑向马赛尔，在他脸上咬了一口。接着，公爵拿出匕首，看样子他要捅死犯人。就在这时，我赶忙建议，最好让马赛尔亲手写下供词，这份文件可以证明公爵杀人的理由正当。我们走进房间，那里备有纸笔。因为马赛尔的胳膊和手被绳子勒伤了，所以只写两行字：“是的，我背叛了主人；是的，我损害了他的名誉。”

马赛尔一边写，公爵一边念，公爵一念完，他就扑向马赛尔，用匕首捅了他三下，把他给捅死了。当时，戴安娜·布乔亚欧也在场，她就站在几步之外，看到这一幕被吓得半死。她想必对自己的所作所为后悔万分了。

“你这个女人，不配出身贵族之家，”公爵叫道，“我丢脸都是你害的。你费尽心思，不过是图自己快活。你背主忘恩，我得好好犒赏你。”

说完，公爵一把抓住她的头发，一刀割断了她的喉咙。这个卑鄙的女人血流如注，最后倒地身亡。

公爵叫人把这两具尸体扔进牢房附近的阴沟里。

蒙特贝洛侯爵的儿子阿方索·卡拉法是位年轻的红衣主教，是保罗四世留在身边的唯一族人。他觉得应该把这件事情禀告教皇。教皇听完事情经过后，只问了一句：

“公爵夫人呢，他们怎么处理她的?”

罗马的人都认为，教皇的这句话，等于是给这个不幸的女人上了一道催命符。可是公爵狠不下心来做这么大的牺牲，要么是因为公爵夫人有孕在身，要么就是因为他对妻子一往情深。

教皇保罗四世大义灭亲，把三个侄子逐出罗马流放他乡。三个月以后，他病倒了，病了三个月后，也就是一五五九年八月十八日，他不治身亡。

红衣主教给帕利亚诺公爵多次去信，再三强调，为了家族的荣誉，公爵夫人必须死。看到伯父过世，又不知新任教皇态度如何，他迫切希望尽快给这件事情做个了结。

公爵为人单纯，生性善良，对家族荣誉不像红衣主教有那么多顾虑，因此不肯答应红衣主教的过分要求。他想起，自己曾多次对公爵夫人不忠，对妻子也没有丝毫遮掩，也许就是因为他不忠在先，这个心高气傲的女人才会这样报复他。可是红衣主教不达目的决不罢休，就在参加教皇选举会议之际，他在听完弥撒和领过圣体之后，再次给公爵写信，说这件事老是拖着不办，他受不了了。同时，他还对公爵郑重宣告，为了维护家族荣誉才这样要求的，如果最后公爵还是下不了决心，那么他今后就再也不管公爵的事了，也不会在红衣主教团和新任教皇面前为他说话了。一个和家族荣誉没半点关系的理由，让公爵下了决心。尽管公爵夫人被严加看守，但是她还是设法和马肯托尼欧·科隆纳联系上了。帕利亚诺公爵领地就是从他手中抢来的，因此卡拉法家族是他的死敌。公爵夫人派人传话给马肯托尼欧，只要马肯托尼欧救她一命，并让她重获自由，她就把帕利亚诺要塞给他，因为现在的要塞统领是效忠于她的人。

一五五九年八月二十八日，公爵派了两队士兵去嘎莱兹。三十日那天，公爵的亲戚莱昂纳多·戴尔迪卡奈、唐·弗兰特、公爵夫人的弟弟阿利弗伯爵都到了嘎莱兹，他们去了公爵夫人的房间，宣布要取她性命。公爵夫人听到这个消息后，面不改色，首先要求做忏悔和听弥撒，两个人不知该不该答应下来。公爵夫人发现这两个人意见不统一，便问是否是她丈夫公爵下令处死她的。

“是的，夫人。”莱昂纳多答道。

公爵夫人要求确认一下，唐·弗兰特给她看了公爵的手令。

（我发现，在帕利亚诺公爵一案中，有一些僧侣的证词。惨剧发生时他们在场。我觉得，这些僧侣的证词比其他证人的要真实可信。大概是因为，这些僧侣面对法官无所顾忌，而其他证人或多或少都是主人的同谋。）

嘉布遣会修士[①]安东尼奥·德·帕维亚的证词如下：

听完弥撒后，公爵夫人虔诚地领了圣体。我们正在宽慰她的时候，她的弟弟阿利弗伯爵走进房间，手里拿着一条绳子，还有一根和我拇指一般粗的榛木棍子，大概有半尺长。阿利弗伯爵用一条手帕蒙住公爵夫人的眼睛，公爵夫人当时表现得非常冷静，还把手帕往下拉了拉，以免挡得不严实。伯爵把绳子套在她的脖子上，可是绳子太细不够结实，他把绳子拿下来，后退了几步。公爵夫人听见他后退的脚步声，扯掉蒙住眼睛的手帕，问道：

“怎么了，发生什么事了？”

伯爵回答：

“绳子太细不够结实，我去换一根来，让你死得不受罪。”

说完，伯爵走出房间。过了一会，他拿着另外一根绳子回来了，又用手帕蒙住公爵夫人的眼睛，再把绳子套在她脖子上，把榛木棍子插在绳结里，然后把绳子一拧，勒死了她。公爵夫人在面对死亡的时候，脸色平静，说话的语调也和平常一样。

另外一位嘉布遣会修士安东尼奥·迪萨拉扎，他的证词如下：

我想从房间里退出来，因为我良心上感到不安，不想看着她死，可是公爵夫人对我说：

“你别走，看在上帝的份上。”

（该僧侣在此描述了公爵夫人死的情形，与上面的描述一致。）他还补充道：

她死得就像一个善良的天主教徒，一直在说：“我信上帝！

① 嘉布遣会修士（Capuchin）：嘉布遣会原来是一个意大利修道会，始建于1525年。

我信上帝！”

显而易见，这两个僧侣得到上级批准，他们在证词中再三提到，公爵夫人在与他们谈话时，特别是在做忏悔和领圣体的时候，多次声明她是清白无辜的。如果她有罪，个性高傲的她会自投地狱的。

嘉布遣会修士安东尼奥·德·帕维亚和莱昂纳多·戴尔迪卡奈当面对质时，修士说：

我的同伴对伯爵说，最好等到夫人生产后再执行死刑，当时她已经怀孕六个月了。让她肚子里的那个可怜的小家伙活下来，给孩子洗礼后再处死她也不迟。

听到这番话，阿利弗伯爵冷酷地回答：

“你知道，我得去罗马，我不希望在那丢人现眼。”

公爵夫人刚死，两名嘉布遣会修士坚持要求给她剖腹，救出肚子里的婴儿，这事拖延不得。可是，阿利弗伯爵和莱昂纳多对他们的恳求置之不理。

第二天，举行葬礼后，公爵夫人被埋在当地教堂（我看过案情记录）。这件事情立即就传开了，可是反响不大，因为结果早在人们的预料之中。而且，在嘎莱兹和罗马，她的死讯已经宣布过数次了。加之，当时正值教皇之位空缺，一场发生在罗马城外的暗杀自然不会引人注意的。保罗四世驾崩后，红衣主教会议立即召开会议以推选新教皇，大家为选举吵得不可开交，这场会议开了四个多月才结束。

一五五九年十二月二十六日，在选举中，不幸的卡拉法红衣主教不得不另选一名红衣主教为教皇。这位红衣主教当选后，号称庇护四世，他是靠西班牙支持才当上教皇的，所以，当西班牙国王菲利普二世要求严惩卡拉法红衣主教时，教皇只得答应照办，无法拒绝。

如果伯父死的时候，红衣主教没有被流放的话，他也许可以控制选举，至少能阻止对手当选。

不久，红衣主教和公爵都锒铛入狱，菲利普二世命令将他们处死。他们被指控犯了十四条罪行，只要是出庭作证指控他们的人，都得接受调查询问。案情记录相当详细，是对开的两卷文件。我饶有趣味地看了一遍，每一页上都记载着具体的细节。这些内容对历史学家而言不登大雅之堂，不值得载入史册。我还注意到其中一个生动的细节，在卡拉法红衣主教兼任首相期间，西班牙派曾试图暗杀他。

总之，因为处死不忠的妻子及其情夫这一罪名，卡拉法兄弟俩得接受审判。几年之后，奥尔西尼[①]亲王娶了托斯卡纳大公的妹妹为妻，他怀疑妻子不忠，在征得大公同意后，叫人在托斯卡纳毒死了她。他并未因此而获罪，实际上，美第奇家族[②]的好几位公主都这么死的。

卡拉法两兄弟的案子审完后，有人准备了一份长篇摘要，红衣主教大会对这份摘要审查多次。以前，为了惩罚奸夫淫妇而杀人报仇，法律从来不管不问，可是，这一次显然不一样，大家一致认为，这种罪行应处以死刑。红衣主教的罪行是唆使兄弟杀人，公爵的罪行是下令杀人。

一五六一年三月三日，教皇庇护四世召开红衣主教会议。会议持续了八个小时，最后，在会议结束时，教皇宣布对卡拉法家

---

① 奥尔西尼（Orsini）：奥尔西尼家族是一个意大利贵族家庭，它是中世纪意大利和罗马复兴中最有影响力的王侯家庭之一。

② 美第奇家族（the House of Medici）：是意大利佛罗伦萨的著名家族。

族的判决：该怎么判就怎么判。

三月四日的晚上，大法官派人去圣安杰洛城堡，执行卡拉法红衣主教卡洛、帕利亚诺公爵乔凡尼两兄弟的死刑判决。首先处决公爵，把他从圣安杰洛城堡转移到托迪诺奈监狱，在那里一切都已准备就绪。公爵、阿利弗伯爵、莱昂纳多·戴尔迪卡奈都是在那里被斩首的。

公爵临死时，表现得不像是一个出身高贵的人，倒像是个基督教徒，为了上帝的意愿，他愿意忍受一切。他对两位同伴说了几句话，鼓励他们从容赴死。然后，他给儿子写下遗书。

接着，刽子手返回圣安杰洛城堡，向卡拉法红衣主教宣布死刑，只给他一个小时的准备时间。红衣主教表现得比哥哥有骨气，他话不多，因为他认为说话是一个人对外寻求力量的方式。他听到这个不幸的消息后，低声嘟囔了几句：

“我要死了！啊！庇护教皇！啊！菲利普国王！”

他做了忏悔，背诵了《圣经》中的七首悔罪诗，然后坐在椅子上，毫不畏惧，对刽子手说：

“动手吧。”

刽子手用丝带勒住他的脖子，结果丝带断了，不得不勒了第二次、第三次。红衣主教看着刽子手，一个字都没说。

（后补的批注）

没过几年，教皇庇护五世[①]下令翻案，并撤销原判。红衣主教兄弟俩沉冤得雪，名誉得以恢复。判处他们死刑的总检察官，由于出力最多，被绞死了。庇护五世下令销毁案宗，图书馆内的

---

① 庇护五世（Pope St. Pius V）（1504—1572），意大利籍教皇（1566—1572 年在位）。

所有副本都被付之一炬，并且禁止人们私自保存，违者将被逐出教会。可是，教皇忘了，在他的图书馆里依然还存有一份副本。我们今天看到的内容，都是依据这份副本写出来的。

蒙庞西埃王妃

［法］拉法耶特夫人

林　敏 译

在查理九世[①]统治时期，宗教战争引起内战，法国因此四分五裂，陷入混乱之中。然而，爱情仍然占据重要位置，这个亘古永恒的主题，在法国制造各种骚乱。当时，梅济耶尔伯爵的独生女是引人注目的人物，她是位非常重要的继承人，不仅出身于显赫的安茹家族[②]，又继承了庞大的家产，这一切让她笼罩在耀眼

① 查理九世（Charles IX）（1550—1574），是亨利二世与凯瑟琳·德·美第奇之子，法国瓦卢瓦王朝国王，于1560年至1574年间在位。其在位期间，完全受自己野心勃勃的母亲控制。查理九世在位时，法国爆发了宗教战争。查理九世站在天主教徒的立场上反对胡格诺派。1570年，胡格诺派取得暂时优势，随后查理九世同意与他们和解，并与胡格诺派的政治领袖海军上将科利尼修好。但是，查理九世在1572年受母亲怂恿，允许吉斯公爵策划了1572年8月24日的圣巴托洛缪之夜大屠杀。

② 安茹家族（the House of Anjou）：是十二至十四世纪统治英国的封建王朝，于1154年由亨利二世开创。除英国本土外，该王朝在法国的安茹、诺曼底、布列塔尼等地拥有大量领土，史称安茹王朝。由于该王朝使用金雀花枝作为家族徽章，因此人们也称其为金雀花王朝。

的光环之下。她被许配给吉斯公爵[①]的弟弟马耶讷公爵，也就是在此时，吉斯公爵有了“疤脸煞星”的绰号。

由于这位女继承人年纪尚幼，婚事就往后延迟了。吉斯公爵多次见过未来的弟媳，看出她是个美人坯子，就情不自禁地爱上了她，而她也爱上了吉斯公爵，他们小心翼翼地隐瞒两人的恋情。那时的吉斯公爵，还没有后来那么野心勃勃，一心只想娶她为妻，可是又怕会因此惹怒他的叔叔，那个红衣主教德·洛林，因为主教充当了他父亲的角色，所以他无法公开他的感情，不敢对主教言明此事。

这时，当权的波旁家族[②]知晓这桩婚事后，不愿看到吉斯家族[③]从中获益，于是决定从中作梗，为了为己谋利，便让年轻的蒙庞西埃亲王娶这位富有的女继承人。

尽管，梅济耶尔小姐的父母曾对红衣主教德·洛兰许下婚事，可是他们背弃诺言，极力督促女儿与蒙庞西埃亲王结婚。吉斯家族对此极为不满，吉斯公爵本人更是怒火中烧，悲痛欲绝，

---

① 吉斯公爵（Duc de Guise）：法国的一个贵族封号，于 1582 年创立。首任公爵为洛林公爵勒内二世的次子。之后，该封号一直世袭，直到吉斯家族于 1696 年绝嗣为止。此处的吉斯公爵为亨利一世·德·洛林，第三代吉斯公爵，生于 1550 年，死于 1588 年，法国军人和政治家。他是吉斯公爵弗朗索瓦的长子，完全继承了父亲率领天主教的力量反对胡格诺派的事业，是圣巴托洛缪之夜大屠杀的主要策划者。

② 波旁家族（the house of Bourbon）：在欧洲历史上曾断断续续统治过纳瓦拉（1555—1848）、法国（1589—1830）、西班牙（1700 年至今）、那不勒斯与西西里（1734—1816）、卢森堡（1964 年至今）等国和意大利若干公国的跨国家族。该家族起源于法国中部的波旁地区。

③ 吉斯家族：法国著名的贵族世家，其成员出任吉斯公爵和吉斯枢机主教。吉斯家族源于洛林公爵家族的旁系，十六至十七世纪时归附于法国。

并称他无法容忍此事，认为这是对他的公开羞辱。吉斯公爵的两位叔叔，红衣主教德·洛林和德·奥马尔，再三告诫吉斯公爵，不要指望能够阻碍蒙庞西埃亲王的婚事，因为这件事连他们都无能为力。尽管如此，吉斯公爵仍然不顾叔叔们的劝告，言辞激烈地表达了自己的愤怒，甚至当着蒙庞西埃亲王的面也是如此，没有半点收敛。从此双方结仇，终生为敌。

父母极力劝说梅济耶尔小姐嫁给蒙庞西埃亲王，而梅济耶尔小姐也明白，在这种形势下，自己不可能嫁给吉斯公爵。如果，嫁给吉斯公爵的弟弟马耶讷公爵，她便会很窘迫很尴尬，因为丈夫的哥哥才是她想嫁的人。考虑再三，最后，她决定嫁给蒙庞西埃亲王，并恳求吉斯公爵，好自为之，不要再管她的婚事。于是，她就嫁给了年轻的蒙庞西埃亲王。

新婚不久，蒙庞西埃亲王带着妻子离开巴黎，前往尚皮尼①，那儿有亲王家的产业，也是家族亲王们常住的地方。当时的巴黎战争一触即发，这座伟大的城市，被胡格诺派②军队团团包围。这支军队由孔代亲王③统帅，这是他第二次对国王宣战。

蒙庞西埃亲王于年少之际，就已与夏巴纳伯爵结下了深厚友谊。夏巴纳伯爵比蒙庞西埃亲王年长不少，是亲王学习的榜样。反过来，亲王对夏巴纳伯爵尊敬有加，又当伯爵是挚友，这令伯

---

① 尚皮尼（Champigny）：法国北部城市，位于巴黎东郊的马恩河畔。

② 胡格诺派（Huguenot）：十六至十七世纪法国新教徒形成的一个派别。该派于16世纪欧洲宗教改革运动中兴起于法国，在政治上反对君主专制，长期遭受迫害，直到1802年才得到国家正式承认。

③ 孔代亲王（Prince de Condé）：法国波旁王朝时期的贵族称号。这一称号仅为孔代家族所专有。从血缘上说，孔代家族是波旁家族的旁系。此处指亨利一世，第二代孔代亲王（1552—1588）。

爵深受感动。为此，伯爵抛却个人利益得失，与孔代亲王断绝往来，背弃了胡格诺派，绝对忠诚地拥护天主教。伯爵之所以会改变立场，没有其他原因，只是为了维持与蒙庞西埃亲王之间的友谊，但是人们对此却深表怀疑。凯瑟琳·德·美第奇[①]太后对夏巴纳伯爵也是满腹狐疑，不明白伯爵的选择意义何在。在胡格诺派已经宣战的情况下，太后还想把伯爵关押起来，蒙庞西埃亲王为夏巴纳伯爵担保，拦住了太后。之后，亲王偕同妻子前往尚皮尼，也带着伯爵一同前往。伯爵举止文雅，和蔼可亲，很快就赢得了王妃的欢心，时间一长，王妃就把伯爵当做密友，无话不谈，她对伯爵的信任，与丈夫对伯爵的信任相比，已经不相上下，甚至有过之而无不及。对夏巴纳而言，年轻的王妃美貌无比、聪颖过人、谦恭有礼，他不由心生赞叹。同时，伯爵凭借王妃和自己的友谊，潜移默化地影响着王妃的言行举止，使她与其高贵的地位非常相称。在伯爵的教导下，没过多久，王妃就成为当时最有修养的女士之一。

由于战火连绵不休，蒙庞西埃亲王被召回宫中，亲王不得不离开心爱的王妃，只留下伯爵一个人陪伴在王妃左右，由于考虑到王妃高贵的身份和特殊的地位，他对待王妃仍然彬彬有礼。王妃非常信任伯爵，甚至告诉他，自己曾对吉斯公爵心怀爱意。不过，王妃补充说，曾经的爱意几乎消失殆尽，残存的爱意让她心意更加坚定，她会恪守妇道，对他人的追求，只会断然回绝，而不会作出任何回应。

伯爵知道王妃个性真诚，十分反感卖弄风情和谄媚殷勤，因

---

① 凯瑟琳·德·美第奇（Catherine de Medici）：法国王后，瓦卢瓦王朝国王亨利二世的妻子和随后三个国王的母亲。

此对她的话深信不疑。尽管如此，他与王妃朝夕相处，日久生情，无法抵挡王妃对自己的吸引力。伯爵深深地爱上了王妃，情感战胜了理智，对此他深感羞愧。他虽然管不住自己的心，可是还能管住自己的言行。他内心情感起伏，汹涌澎湃，表面上仍不露声色，所以没有人察觉到，他对王妃暗生情愫。整整一年的时间，他克制自己的情感，小心谨慎地瞒着王妃，并且以为自己能够一直瞒下去。

可是，陷入爱情的人都一样，渴望能够向对方倾诉爱意，伯爵也不例外。在内心纠结斗争多次之后，他豁出去了，鼓起勇气对王妃表白爱意。他已经做好准备，哪怕遭受王妃暴风骤雨般的责骂，他也要倾诉衷肠。可是，他错了，原以为王妃会暴跳如雷，结果发现王妃镇定自若、表情冷淡，这比他想象的结果还要糟糕千倍。王妃懒得动怒，只说了几句话，点出他们在身份和年龄上的差距。她提醒伯爵，她曾对他明确说过，她对追求者所持的态度，这种态度她不可能改变。最重要的是，伯爵作为她丈夫的好友，不能辜负亲王对他的信任。听了王妃的话，伯爵羞愧难当，悲痛难忍。王妃极力安慰伯爵，保证忘掉他刚才对她说过的话，并永远把伯爵当成自己最好的朋友。可以想象，这些保证并没有给伯爵带来多少安慰，他感觉到，王妃的言谈话语中隐含着对他的轻蔑。第二天，伯爵看到王妃一如往常，神色泰然，好像什么事情都没有发生过，这让他加倍痛苦。

和以前一样，王妃对伯爵的态度，还是那么和蔼可亲，她甚至又和伯爵谈起，以前她对吉斯公爵心存爱慕的事情。她还说，让她高兴的是，吉斯公爵现在声威大震，这表明她以前没爱错人。王妃出于信任才对伯爵说出心中的秘密，以前这对伯爵来说，听起来多么亲切，如今听来却难以忍受，似乎是对自己的讽刺，可是伯爵不敢对王妃直说。不过，伯爵有时会歉意地向王妃解释，自己对王妃的表白过于鲁莽轻率。

蒙庞西埃亲王离开了两年，在巴黎被围困期间和圣德尼战役中，蒙庞西埃亲王表现突出，英勇超群，声名鹊起。

现在，战火终于平息，法国重归和平。蒙庞西埃亲王返回故地，与妻子团聚。他惊奇地发觉，王妃的美如同盛开的花朵，美艳高贵，光彩熠熠。亲王妒忌之心强烈，意识到王妃的美貌如此出众，除了他之外，别人肯定也察觉到了，还好，自己最信任的朋友一直待在王妃身边，也就无需担心什么了。亲王再次看到伯爵，喜不自禁，二者的友情依然如故。亲王私底下询问伯爵王妃的个性和脾气，因为王妃对亲王而言，几乎就是个陌生人，两个人在一起生活的时间也很短暂，亲王没有充分的了解。伯爵真心实意，好像自己从未迷恋过王妃一样，只要是王妃讨人喜爱的地方，都一概告诉亲王。与此同时，伯爵又给蒙庞西埃王妃出谋划策，教她如何赢得丈夫的真心和尊重。伯爵这样尽心尽力，别无他想，只是为了让王妃生活得更加幸福快乐。离间爱人与婚姻伴侣间的感情，这才是情人常干的事，伯爵却轻易地把这茬给忘了。

太平日子还没过上几天，纷争开始，硝烟又起。孔代亲王和沙蒂永海军元帅身在努瓦耶[①]，国王密谋在那里逮捕他们。事情败露之后，双方再次开战。蒙庞西埃亲王听候调遣，不得不再次离开妻子。此时，夏巴纳也已经重获太后好感，可随亲王同行入宫。想到他要离开王妃入宫，心中很是痛苦。对王妃来说，想到丈夫在战争中随时可能会遭遇不测，她不禁悲从中来。

---

① 努瓦耶（Noyers）：是位于法国勃艮第地区约讷省的一个村镇，拥有“法国最美丽的村庄”的美誉。

胡格诺派的首领撤退至拉罗歇尔[1]，据守普瓦图[2]和桑通格[3]。战火骤起，国王召集了所有兵力投入战斗。国王的弟弟即安茹公爵，也就是后来的亨利三世，在多次战斗中战功卓著，特别在雅尔纳克战役[4]中，立下了赫赫战功。正是在这场战役中，孔代亲王被杀，而吉斯公爵在战争中表现出色，甚至超出人们对他的远大期望。蒙庞西埃亲王对吉斯公爵心怀恨意，公爵不仅是亲王的仇敌，也是他家族的仇敌。看到吉斯公爵战场得意，安茹公爵又与他交好，波旁家族感到很是不悦。

经过多次交战后，双方军队均感到疲惫不堪，一致同意停战。战火停息，安茹公爵据守洛什[5]，管辖所有曾被袭击过的地方。吉斯公爵则留下，和安茹公爵一起待在洛什。蒙庞西埃亲王则由夏巴纳伯爵相伴，一同返回离洛什不远的尚皮尼。

安茹公爵经常去查看一些建有防御工事的地方。有一天，安茹公爵要从一条路返回罗赫，可是他的随从对这条路却不怎么熟悉。这时，吉斯公爵自告奋勇，说自己对这条路不陌生，可以带路，于是，他就走在队伍的前头当向导。可是，没过多久，他迷路了，走到一条小河的河岸边，而他不知道这到底是什么地方。

---

① 拉罗歇尔（La Rochelle）：法国西部比斯开湾东岸港口，滨海夏朗德省省会，著名的游览胜地。

② 普瓦图（Poitou）：应指普瓦图-夏朗德（Poitou-Charentes），为法国西部大区名，西邻大西洋。下有夏朗德省、滨海夏朗德省、德塞夫勒省、维埃纳省。

③ 桑通格（Saintonge）：法国滨海夏朗德省的一个市镇。

④ 雅尔纳克战役（the battle of Jarnac）：1569 年 3 月 13 日，交战双方为天主教和胡格诺派。

⑤ 洛什（Loches）：法国中央大区安德尔-卢瓦尔省的一个镇，位于安德尔河畔。

安茹公爵埋怨了几句，说吉斯公爵不该把他们带迷路。不过，这时，他们看见小河上漂着一艘小船，这条河不宽，他们能清楚地看到，船上坐着三四个女人，其中一个女人，长得很美，衣着华丽，外表俊秀。在小河附近，有两个男人在钓鱼，这个女人正饶有趣味地看着他们钓鱼。

这幕场景让亲王和随从胡思乱想起来，看上去，这一幕好像是风流韵事里的一段情节。有人说，吉斯公爵把他们带到这里，看到这位漂亮的女士，这都是宿命，他们应该向这位女士求爱。安茹公爵则坚持，他才最应该成为这位女士的追求者。

为了促成此事，他们派一个骑士走到河里，走到尽量近的地方，向那位女士大喊道，安茹公爵想到河的对岸去，请求这位女士帮忙载安茹公爵去对岸。这位女士，也就是蒙庞西埃王妃，她听到安茹公爵的名字，迟疑了一下，当她看到安茹公爵随从的穿着，确定是安茹公爵无疑。随后，王妃把船停靠在安茹公爵所在的岸边。安茹公爵的体形健美，很容易就能将他与别人区分开来，可是，在众多的身影中，王妃一下子就看到了吉斯公爵的身影，她不禁心慌意乱起来，脸也不由自主地绯红起来，这种羞答答的表情让王妃更加楚楚动人，美得无以言表。

吉斯公爵最后一次见到她，还是三年前的事情。尽管三年的光阴让她的容貌改变了不少，可是吉斯公爵还是立刻就认出了她。吉斯公爵告诉了安茹公爵这位女士的身份，得知了她的身份以后，安茹公爵起初对自己的口无遮拦，感到尴尬难堪，但是，安茹公爵被王妃的美貌深深迷住了，决心再冒点险试试看。于是，他编造了理由，说是有件急事需要立刻就办，所以他不得不立刻去对岸，与此同时，他对王妃大加称赞，说尽了溢美之词。接着，安茹公爵登上王妃的船，身边只有吉斯公爵相伴。他听蒙庞西埃王妃说，这里离尚皮尼只有几里远，就吩咐随从们从别处过河，最后在尚皮尼汇合。

他们一坐进船里，安茹公爵就问王妃，他们怎么会有如此愉快的相遇，肯定是天赐良缘。蒙庞西埃王妃平静地回答道，她和丈夫一起离开的尚皮尼，丈夫想去打猎，可是她累了，就来河边了，还看见渔夫用渔网捕了一条鲑鱼。吉斯公爵没有加入他们的谈话，可是他意识到，与王妃的偶然相遇唤起了从前的所有感情，这次，他很难抵挡住王妃的魅力。

他们很快就到达了对岸，王妃的马队和随从正在对岸等候王妃。两位贵族帮王妃上马，王妃坐上马，仪态优雅迷人。在返回尚皮尼的途中，他们愉快地交谈着，谈到了许多话题。他们有王妃陪伴，不仅被她的谈话所吸引，更被她的美貌而折服。大家对王妃赞赏有加，而王妃则谦逊有礼，只是对吉斯公爵表现得略微有点冷淡，因为王妃想和吉斯公爵保持距离，不想让吉斯公爵对他们的过去有任何非分之想。

到了尚皮尼的外围的庭院时，他们遇见了蒙庞西埃亲王，亲王刚刚打猎归来。亲王看到，有两个男人陪伴在他妻子的左右，不由大吃一惊。更让他吃惊的是，等他走近后，发现这两个男人居然是安茹公爵和吉斯公爵。他对吉斯公爵一向怀恨在心，加上他天性善妒，一看到两位亲王陪着妻子，也不问清楚他们怎么来的，为什么来到他的住所，心中就涌起一种不悦和厌烦。不过，他为人机敏，尽力掩饰住内心的情感波动，因为他害怕国王的弟弟，这位亲王有权有势，与他结交也是很适宜的。看到吉斯公爵和蒙庞西埃王妃在一起，夏巴纳伯爵甚至比王妃的丈夫还要不安。他很清楚，这次机会有一种不祥的预兆，这两人再次相遇，预示着这次新的开始之后，会有一连串令人不安的事情发生。

当天晚上，蒙庞西埃王妃作为女主人，自然得体地做着女主人该作的一切事情，实际上，她甚至过于取悦宾客了。安茹公爵外表英俊，是个非常讨女人喜欢的男人。他认为，没有什么奖赏比把这位美人拥在怀中，更让他激情四射的了。他和吉斯公爵一样坐立不安，一直编造着各种重要的理由，解释说不得不在尚皮尼待上两天。他留下来的理由，实际上不是为了别的，就是因为蒙庞西埃王妃的魅力，当然，王妃的丈夫也没表示出让他离开的意思。吉斯公爵也留了下来，因为他还没有找到机会向王妃表明，他对王妃的感情还像以前一样，从未变过。由于没人知道吉斯公爵和蒙庞西埃王妃之间的旧情，吉斯公爵也就不需要顾忌什么，多次对蒙庞西埃王妃说过，在任何人的面前，他的感情都绝不改变。吉斯公爵的言外之意，只有蒙庞西埃王妃才能明白。

吉斯公爵和安茹公爵离开尚皮尼的时候，都恋恋不舍，还带着些许后悔。他们走了很长时间，都一言不发。最后，安茹公爵先开口说，他满脑子都在想的那个人，吉斯公爵可能也在想。然后，他直接问吉斯公爵，是否在想美丽的蒙庞西埃王妃。安茹公爵之所以会问这么唐突的问题，是因为他早就看到蒙庞西埃亲王对待吉斯公爵的态度，这让他意识到，喜欢王妃的不止他一个，还有一个隐藏的重量级对手。为了减轻安茹公爵对自己的怀疑，吉斯公爵笑着回答，蒙庞西埃亲王似乎太过谨慎，因为自己曾被控为人风流，所以引来了蒙庞西埃亲王的敌意。他又补充说道，蒙庞西埃王妃确实很美，可是对他来说不算什么新鲜事，因为王妃本该是他的弟媳，他对王妃的美早就习以为常了。不过，几乎没有人不倾倒于王妃的魅力。安茹公爵对这句话表示赞同，这位年轻的王妃的确美貌无双。同时，他也意识到，如果自己过于表现出对王妃美貌的觊觎之心，会有所危险。他试着让吉斯公爵承认，也有同样的感受，可是吉斯公爵概不承认。

他们回到罗赫后，经常回想起与蒙庞西埃王妃的会面，以及那次会面给他们带来的欢乐，而以前他们去尚皮尼的时候，并没有感觉到同样的快乐，是王妃，是王妃给他们带来了欢乐。

蒙庞西埃亲王对新近发生的一切，深感不满，可又说不清楚不安的原因。他不满妻子坐船出游，又认为妻子招待那些爵爷们过于殷勤。让他最不高兴的是，吉斯公爵一直在注意着王妃的一举一动。这激怒了蒙庞西埃亲王，让他醋意大发，想起对于他的婚姻，吉斯公爵曾表现出不满和愤怒，这一切都加深了他的怀疑。他怀疑，甚至在那时，吉斯公爵就已经和他妻子相爱了。和往常一样，夏巴纳伯爵竭尽全力来调解，希望通过这种方式，让王妃意识到亲王对她真诚而无私的爱。可是，夏巴纳伯爵还是忍不住，一直追问王妃，见到吉斯公爵的感受如何。王妃回答，她回想起曾对吉斯公爵的所有感觉，她知道她不该有这种感觉，很是尴尬不安。她发现，吉斯公爵比以前更帅了，而且吉斯公爵好像也想方设法让她相信，他还深爱着她。不过，王妃对伯爵保证，说没有任何东西能动摇她的决心，她决不会卷入任何阴谋当中，她会坚守自己的婚姻。伯爵听到王妃的决心，感到欣慰，可是他不相信吉斯公爵。他真诚地提醒王妃，如果他们之间旧情复燃，一定会出现危险的情况。王妃坚定地说自己的心意不可改变。顺着这个话头，伯爵提起自己的忠诚，王妃欣然接受了，看上去态度依然。对王妃而言，伯爵仅仅是她的密友，绝不可能是一个追求者。

军队被再次召集起来，所有的亲王们都回到自己的岗位上。蒙庞西埃亲王决定，让他的妻子与他一起去巴黎，那么就能远离可能会发生战争的地区。后来，胡格诺教徒包围了普瓦捷，吉斯公爵前往普瓦捷组织防御对抗，他的表现让其名声大增，显赫一时。此时，安茹公爵身患疾病，随后就离开了军队。实际上，他离开军队，不是因为病情加重，而是因为他想返回巴黎，因为巴黎的生活既舒适又安全。此外，还有一个不可告人的心思，蒙庞西埃王妃也在巴黎，这是对他最大的吸引。军队的领导权则由蒙庞西埃亲王接管，不久之后，战火平息，众人聚集巴黎。在巴黎，蒙庞西埃王妃的美丽，让她所有的对手都黯然失色，人人都被她的外表，被她的性格所吸引。安茹公爵在尚皮尼对王妃已经暗生情愫，至今仍不死心。他对王妃十分照顾，并且极尽殷勤体贴，让王妃感受到他的绵绵爱意。同时，他也小心翼翼，以防他对王妃的关注，会引起王妃丈夫的妒忌，那样将会惹火烧身。现在，吉斯公爵热烈地爱着王妃，可是出于种种原因，他希望将此事保密，他决心要私下里告诉王妃一切，同时避免被他人发现而招来闲言碎语。有一天，当吉斯公爵在女王的房间里，房间里没有几个人，女王刚刚离开，去和红衣主教德·洛兰商讨国事。正在此时，蒙庞西埃王妃进来了，这是个千载难逢的好机会，吉斯公爵决心抓住这个机会告诉王妃一切。于是，他走到王妃面前说："尽管，我说的话也许会让您感到惊讶，会让您不高兴，我还是想让您知道，我对您的感情一直如故。每一次见到您，我对您的感情就会更加深沉。尽管您不会接受我的爱，您的丈夫对我也恨之入骨，法国第一亲王也与我作对，但是，所有的一切都不能减少我对您的爱。也许，只有我的行动，而不是我的话语，才能让您相信我说的一切，可是，我怕我的举动太过明显，会让别人发现，给您造成不必要的麻烦。所以我想和您单独谈谈，让您知道我对您的爱有多深。"

王妃听了吉斯公爵的话，感到十分震惊，陷入混乱之中，脑子一片空白，她不知道该如何作答。好不容易，她镇定下来，想要回答的时候，蒙庞西埃亲王走进了房间。王妃的神色焦虑不安，看到丈夫之后，感到尴尬，无所适从，有些难为情。如此一来，蒙庞西埃亲王笃定，肯定是吉斯公爵对王妃说了什么。幸好这时女王又回来了，吉斯公爵趁机离开房间，以躲避妒火中烧的蒙庞西埃亲王。

当天晚上，王妃发现丈夫的脾气坏得前所未有。亲王严厉斥责王妃，并且禁止王妃与吉斯公爵再说一句话。王妃伤心地回到自己的房间，满脑子想的都是当天发生的事情，她理不出个头绪。第二天，王妃看到一群人陪在女王身旁，吉斯公爵也在其中，吉斯公爵没有靠近王妃，只是在看到王妃走后，他也很快离开了。这分明是一种暗示，他的意思是，如果王妃不在，他也没兴趣待在那里。一天过去了，王妃没有收到吉斯公爵秘密的口信，尽管吉斯公爵热情似火，可是他必须谨慎行事，要确信没人看见，才会和王妃说话。

王妃相信吉斯公爵是真心爱她的，就抛开自己曾在尚皮尼下定的决心，忘了那时的信誓旦旦，她的内心开始悸动，就像过去一样，对吉斯公爵也满怀爱意。

对安茹公爵而言，他从未错过任何一次向王妃表达爱意的机会，只要他遇见王妃，他就不停地大献殷勤，以博得王妃的欢心。在他母亲女王的房间里，他一直陪在王妃左右，寸步不离，完全没注意到自己的姐姐已经喜欢上了吉斯公爵。就在这段时间，他的姐姐，也就是后来的纳瓦拉女王，喜欢上了吉斯公爵。还有另外一件事也很明显，那就是吉斯公爵和安茹公爵的友情变淡。这时，谣传把皇家公主的名字和吉斯公爵连在一起，这扰乱了蒙庞西埃王妃的心，也让王妃感到惊讶，王妃深深意识到，她比想象中的那个自己，还要更爱吉斯公爵。

现在，正好她的公公，蒙庞西埃先生娶了吉斯公爵的姐姐，这就意味着，王妃肯定要在各种场合经常会见吉斯公爵，因为婚礼的庆祝活动需要他们同时在场。人们都相信吉斯公爵与某位夫人陷入爱河，这让王妃难以接受，不仅感到自己被骗了，而且，对她而言，这不仅是冒犯，更是对她的折磨。

很长一段时间，他们一直没有见面。有一天，在吉斯公爵姐姐的房间里，蒙庞西埃王妃和吉斯公爵相遇了，吉斯公爵试着和蒙庞西埃王妃说话，可是王妃很快就打断了，生气地说道："我不明白这是怎么了，我已经不像十三岁时那么脆弱了。你厚颜无耻，风流好色，又像追求我一样去追求别人，竟然是在整个宫廷的眼皮子底下，你对别人更感兴趣。"吉斯公爵深陷爱河，并没有被爱冲昏头脑，依然聪明过人，他明白王妃话里有话，听出了王妃对他的感情。他万分恭敬地回答道："我承认，夫人，我没有拒绝可能成为国王小舅子的荣耀，这是我的错。请您不要怀疑我，我所要的只有您的心。只要您有足够的耐心，我会向您解释，我这么做有充分的理由。"王妃没有回答，可是也没有走开。吉斯公爵看出来，王妃已经准备好听他说话了。然后，公爵告诉王妃，尽管他根本就没想引起那位夫人的注意，可是那位夫人还是对他很有兴趣。因为他不迷恋那位夫人，所以对那位夫人的回应很冷淡，直到那位夫人让他相信，她会嫁给他，他的态度才有所改变。这样的一门婚事，会带来不少好处，也会带来一些麻烦。目前这件事情，已经引起国王和安茹公爵的怀疑，可是无论是谁都不会影响他的决定，然而，如果这件事让王妃不快的话，他会放弃一切，再也不考虑他们的感受了。

吉斯公爵准备做出的牺牲，让王妃忘记了所有的不快。接着，王妃转移了话题，开始谈起那位夫人言行轻率，居然主动示爱，这样的人根本不值得去爱；还提到如果公爵娶了那位夫人的话，会得到多大的好处，但好处代替不了爱情。王妃对公爵没说一句好话，却让他找出以前的梅济耶尔小姐身上一千个讨人喜欢的地方。他们私下交谈的时间不长，却发现彼此很投契，想法很一致，都在回想过去的美好时光。这次愉快的会面结束了，吉斯公爵离开的时候心情大好，喜形于色，王妃也认为公爵是真心爱她，她为此深受感动。然而，等到王妃回到自己的房间的时候，她想到，自己那么容易就接受了吉斯公爵，感到难为情。她又想到，她可能会因此惹来麻烦。以前她一直讨厌惹麻烦，一想到嫉妒的丈夫可能让她痛苦不堪，她就感到害怕不安。这些想法促使她暗下决心，可是等到第二天，她一看到吉斯公爵，就又把才下的决心抛在脑后。

由于两家联姻，吉斯公爵有许多机会可以和王妃说话。他把自己和那位夫人之间发生过的事情，一五一十地告诉了王妃。那位夫人的美貌让王妃嫉妒，无论他怎么解释都不能让王妃安心。嫉妒心让王妃不肯让公爵进驻到自己的心里，尽管她的心已经让公爵夺走了大半。

国王和马克西米兰皇帝的女儿结婚，整个宫廷喜气洋洋，张灯结彩，到处都在举行庆祝活动。国王举办了一场舞会，让夫人和所有的王妃都来跳舞。在这些王妃中，只有蒙庞西埃王妃的美貌可以与那位夫人相媲美。安茹公爵、吉斯公爵和其他四个人装扮成摩尔人，他们的服装一模一样，像往常一样，他们都要表演节目。舞会开始了，在跳舞之前，吉斯公爵还没来得及取下面具，在经过王妃身边的时候，他对王妃悄悄地说了几句话，尽管这一切做得很自然，但还是被一个人发现了。王妃清楚地看到，她的丈夫蒙庞西埃亲王正朝这边看，这让她感到忐忑不安，心神不宁。过了一会，戴着面具、穿着摩尔人服装的安茹公爵，走过来和王妃说话，王妃看见了以后，把安茹公爵误以为是吉斯公爵，便对他说："今晚，你就只盯着那位夫人看，不要看别人了。我不会嫉妒的，我命令你。我被监视了，不要再靠近我了。"说完以后，王妃就走开了。

安茹公爵呆立在那儿，如同五雷轰顶。他明白自己有了一个强大的对手，既然提到了夫人，那么这个人显然就是吉斯公爵。毫无疑问，吉斯公爵脚踏两只船，同时和他姐姐以及蒙庞西埃王妃相恋。安茹公爵本来就不喜欢吉斯公爵，现在更是恨之入骨，加上嫉妒、失望、愤怒，多种情绪蜂拥而至，让他大发雷霆。他个性残忍，本想当场发作，可又出于虚伪，他收敛了自己的脾气，没有当场揭穿吉斯公爵。然而，安茹公爵得知了这么一个秘密，又忍不住高兴起来。当他们离开刚才跳舞的沙龙时，安茹公爵靠近吉斯公爵，对他说道："如果你眼睛盯着我的姐姐，同时又对我所爱的人暗送秋波，这就太过分了。现在，国王在场，我没法对你做什么，但是你给我记住，有一天你可能会因此丧命，至少我会来惩罚你的。"

吉斯公爵个性骄傲，自然不会屈服于这样的威胁，可是他也没有办法反驳，因为，此时，国王刚好叫他们两个人到他身边去。可是，吉斯公爵没有忘记安茹公爵的话，他知道，按照安茹公爵的为人，他会终其一生实施复仇行动的。

从那天晚上起，安茹公爵想尽各种办法，在国王面前说吉斯公爵的坏话。他劝说国王，只要还允许吉斯公爵和夫人有所来往的话，夫人就不会同意嫁给纳瓦拉国王，后果将不堪设想，这简直让人无法接受，因为他个人爱慕虚荣，大大阻碍了法国和平的进程。国王早就讨厌吉斯公爵，而安茹公爵的话更是火上浇油，国王更加讨厌吉斯公爵。第二天，当吉斯公爵要去女王的房间参加舞会的时候，国王就站在门口，阻止他进入，直接叫他哪好去哪。面对这莫大的羞辱，吉斯公爵没有表现出诧异，只是回答说，他是来为他人服务的。而国王则回答，没有需要他服务的地方，然后没有再多说一句话，转身就离开了。不让吉斯公爵进入房间，这让吉斯公爵忍无可忍，对国王和安茹公爵的愤怒骤然燃烧。他天性傲慢，这简直就是对他的蔑视，不能就此罢休，于是对夫人更加上心了。安茹公爵则恶狠狠地告诉他，不要再去见蒙庞西埃王妃了，更不要单独相处。

安茹公爵密切关注两人的动向，也时刻关注王妃的表情。他发现，当吉斯公爵和夫人说话的时候，王妃就表现得气愤懊恼。安茹公爵这才明白，王妃误把他当成吉斯公爵时对他说的话是什么意思了，原来是王妃嫉妒了，想惹麻烦。他走近王妃，说道："原来你对我没兴趣，那我必须告诉你，你选吉斯公爵而不选我，绝对是大错特错，因为他不值得你这么做。现在，我已经完全明白了，他在骗你和夫人，他为了我姐姐骗你，就像他为了你而骗我姐姐一样。他这个男人只会为了野心而动心，你在他眼里一文不值。他既然可以让你高兴，那就够了，我不会阻挡你得到快乐的，但是毫无疑问，我比他要好得多。既然你已经心有所属，如果我还想继续获得你的欢心，对我来说不够体面。你对我漠不关心，这确实让我难受，那么我宁愿让你讨厌我。我厌烦你对我没完没了的反抗，我厌烦你拒绝我给的爱。"

安茹公爵真的被爱所伤，几乎没能完整地把这番话说完。尽管开始的时候，他满怀恨意，想着复仇，可是，他一想到王妃的美，就偃旗息鼓，他放弃当王妃情人的希望了，也不等王妃回答，就离开了舞会，说他身体不适，借机回家疗伤了。

蒙庞西埃王妃待在那儿，无比担忧。一个她拒绝了的追求者，手中掌握着她的名誉和秘密，更可怕的是，从追求者那儿她得知一个可怕的现实，她的情人一直在欺骗她，这让她没法高兴起来。只好一直待在那儿。后来，她在蒙庞西埃公爵夫人，也就是她的继母的陪伴下去吃了晚餐。

吉斯公爵跟着他们，一起去了他姐姐的房子。他急于想告诉王妃，前天安茹公爵对他所说的话。可是，让吉斯公爵吃惊的是，等到他有机会和王妃说话的时候，王妃大发雷霆，义愤填膺，对他控诉谴责，批判他背信弃义。公爵原来还指望王妃可以给他安慰，现在却处于这般不幸的境地，他惊诧不已。他深爱王妃，不能忍受王妃居然不爱他，他突然做了一个决定："我会让你不再怀疑的。"他说，"我不会做皇家逼我做的事情。只要让你高兴，我做什么都可以。"

他离开姐姐的房间，直接去找他的红衣主教叔叔。他让主教相信，国王很讨厌自己，因此，必须明确表明，他不会娶夫人。此外，他要求和波提亚公主结婚，这件事情以前也曾讨论过。这个让人吃惊的消息，很快就传遍了整个巴黎。蒙庞西埃王妃感到喜忧参半，高兴的是，自己对吉斯公爵具有极大的影响力；难过的是，她让公爵放弃和夫人结婚，而这桩婚事对公爵极为有利，这就意味着他将失去很多。吉斯公爵希望，爱情能弥补他在物质上的损失。他逼着王妃单独接见他，给他一次洗清那些不公正的罪过的机会。有一次，当王妃在吉斯公爵姐姐的房间里的时候，恰巧公爵姐姐不在，于是，二人单独会面了。公爵借此机会，扑倒在王妃的脚下，说自己遭受的苦难，都是因为王妃的疑心而引起的。尽管，王妃无法忘记安茹公爵对她说过的话，可是她更加相信吉斯公爵的言行。王妃清楚地告诉公爵，为什么会认为他背叛了自己，因为安茹公爵知道内情，并告诉她一切。公爵不知道如何为自己辩护，这个秘密已经泄露，他为此感到不安。最后，公爵再次抗议，说他放弃了与夫人的大好姻缘，而匆匆娶了波提亚公主，这难道不是最好的证明吗？王妃对他说，她本不会对公爵起疑心，只是因为舞会那天，她已经对公爵说过，只能盯着夫人看。公爵说，王妃可能想这么做过，可是实际上王妃根本没这么做。王妃坚持她确实这么做了，最后，他们达成共识，肯定是王妃自己错把别人当成吉斯公爵了，因为他们穿的衣服都一样。王妃指责吉斯公爵，是因为安茹公爵告诉她一切。吉斯公爵完全同意他们的推论，这次会谈结束了，因为澄清了事实，他们愉快地结束了会谈。王妃的心无法拒绝，一个过去曾经深爱的男人，这个男人刚刚做出如此大的牺牲，仅仅只是为了让她高兴而已，王妃发现有种感情在内心燃烧。王妃满意地接受了公爵的说辞，又让公爵认为自己并未因为他的热情而动摇。王妃的继母公爵夫人回来了，他们的私会结束了，公爵极不情愿地从欢欣雀跃中醒了过来。

过了一阵子，王室人员前往布洛瓦[①]，以庆祝纳瓦拉国王与夫人成婚。那时，吉斯公爵除了蒙庞西埃王妃的爱，什么都不想要。在类似这样的庆典场合，他则会因为失望而感到压抑难受。

吉斯公爵没能好好隐藏自己的爱情，以致让蒙庞西埃亲王产生了怀疑。亲王在嫉妒心的驱使下，命令妻子前往尚皮尼。王妃

---

① 布洛瓦（Blois）：法国地名。其最著名的建筑为布洛瓦皇家城堡，位于卢瓦河谷地区，法国历史上曾有七位国王和十位王后下榻于此。

对亲王的决定大吃一惊，可也只能无条件服从。她必须找到一个方法与吉斯公爵私下告别，可是她发现如果让公爵给她写信，这可能是件非常困难的事情。再三考虑之后，她决定利用夏巴纳伯爵。她一直把伯爵当成朋友，而不是一个爱她的人。吉斯公爵得知，伯爵和蒙庞西埃王妃居然关系密切。起初，王妃选择伯爵做中间人，他感到吃惊，但是，王妃确信，伯爵对她忠诚不二，吉斯公爵最终也只好同意如此。公爵与王妃不得不分开，这让公爵饱受相思之苦。

王妃在布洛瓦的时候，夏巴纳伯爵一直身体不适。伯爵得知王妃要去尚皮尼，就安排在途中与王妃碰面，然后一起前往尚皮尼。王妃对伯爵殷勤问候，如同挚友一般，并且急于与伯爵私下谈话。起初，伯爵对此感到开心不已，可是，当他发现，王妃如此迫切，只是为了告诉他，她与吉斯公爵陷入热恋之中，这让伯爵灰心沮丧起来。伯爵太过伤心难过，无法回答王妃的问话，王妃则陶醉在恋情中，没有注意到伯爵的沉默不语。她开始把恋情中所有情况包括细枝末节，都毫无保留地告诉了伯爵，以及她和公爵怎么协商，由伯爵来充当他们书信来往的中间人等等。伯爵所爱的女人，居然希望他帮助自己的对手，还做出这样的提议，好像他还应该欣然接受，这残忍地伤害了伯爵。面对王妃，他尽力控制着所有不快的情绪，只是对王妃态度的转变，表现出惊讶不解。他心怀一线希望，希望王妃的改变，同时也可以改变他对王妃的感情。可是他发现，王妃依然魅力四射，她的美丽天然无雕饰，加上气质优雅，早就虏获了伯爵的心，伯爵觉得自己比以前还要更爱王妃。伯爵非比寻常的忠诚产生了相应的影响力，为了所爱的人，他同意带对手的信件给王妃。

没有吉斯公爵，王妃的生活失去了乐趣，只能靠公爵的信来安慰自己。王妃为了知道伯爵是否收到信，不断地折磨夏巴纳伯爵，就因为伯爵没有快一点把信寄出去，王妃几乎要责怪伯爵。最后，有几封信寄到了，是跟随吉斯公爵的一位绅士带过来的。伯爵立刻把信拿给王妃，不敢有片刻耽搁，生怕惹王妃不高兴。王妃收到信后欣喜万分，还让可怜的伯爵把信读给她听。这对伯爵而言，简直就是折磨，更打击人的是，还要帮王妃回信，信中的言辞必须既温柔又多情。伯爵把王妃的回信给等着的随从后，就陷入悲伤之中，比刚才收信时还要难受。他安慰自己，王妃会渐渐地认识到，他为王妃所做的一切，王妃会感动的，会意识到伯爵的良苦用心的。可是，伯爵渐渐发现，王妃对他日渐缺乏耐心，她满心焦虑地等着吉斯公爵的来信，忽略了鞍前马后的伯爵。伯爵恳求王妃，稍微为他想一想，想想他为王妃所受的罪，想想他的心情。王妃心里只有吉斯公爵，伯爵的请求激怒了她，她对待伯爵的态度更加恶劣，比伯爵第一次向她表白时还要恶劣。尽管伯爵的忠诚和耐心已经历经数次考验，可是王妃这次的做法实在是太过分了。忍无可忍，伯爵离开了王妃，去和一个朋友同住，这个朋友在尚皮尼附近有一幢房子。伯爵在朋友那给王妃写了许多信，信中提到因为王妃的言行让他遭受的所有痛苦，并说要和王妃永别。

对自己影响力如此之大的一个男人，自己对他的态度却如此粗暴，王妃开始后悔自己的所作所为了。为了不失去伯爵，不仅仅因为王妃与伯爵过去的友谊，更重要的是，伯爵在王妃恋情中所起到的重要作用，王妃妥协了。王妃捎信给伯爵，说她想和伯爵再谈一次，谈过之后，就随伯爵自己选择。被爱情冲昏头脑的人，感情总是格外脆弱，伯爵就是这样的人，不到一个小时他就回来了，因为王妃的美貌和几句好话，伯爵再次被俘虏了，对王妃比以前还要顺从，甚至把他刚收到的几封吉斯公爵的来信，立刻就交给了王妃。

这时，宫廷已经设计要把所有的胡格诺头领招安，实际上这是个计谋，是为了把这些头领召集在一起，一网打尽，都杀了，这就是可怕的巴塞洛缪大屠杀。这个计划的其中一部分，就是让这些头领误以为天下太平，国王叫所有的亲王，都离开波旁皇族和吉斯家族。蒙庞西埃亲王返回尚皮尼，吉斯公爵则与他叔叔红衣主教德·洛兰，一起回家了，这让王妃彻底灰心了。

满腔的热情和百无聊赖的现状，让吉斯公爵迫切想见到蒙庞西埃王妃，根本没考虑到这样做的后果，也根本没想到这样做会给王妃和自己带来多大的麻烦。他就以旅游为借口去了尚皮尼，没带随从，只带了那位去过尚皮尼几次的绅士，骑着马就出发了。因为他谁也不认识，所以只能找夏巴纳伯爵。吉斯公爵叫那位绅士写了一张纸条，要求在某个地方与伯爵会面。伯爵单纯地以为，只是为了收吉斯公爵的信，所以就去了，结果发现吉斯公爵本人就在那儿，这让他吃惊害怕。吉斯公爵满脑子想的都是各种计划，根本没注意到伯爵神情沮丧，惊慌失措。当王妃告诉伯爵她与公爵之间的恋情时，伯爵也仅仅表现出沉默不语。现在，吉斯公爵满口华丽的辞藻，诉说着自己对王妃一往情深，并声称，如果伯爵不能劝王妃来见他，他肯定会死。伯爵不能再沉默不语一言不发了，他冷冷地回答，他会告诉王妃一切吉斯公爵想传达的信息，并会带回王妃的答复。然后，伯爵返回尚皮尼，心里如同翻江倒海，想不明白自己在做什么。他原本打算什么都不告诉王妃，就把公爵给打发走的，可是，马上就打消了那个念头，他对王妃非常忠诚，不能对她有所隐瞒。他回到尚皮尼后不知道该怎么做才好，正好发现亲王外出打猎了，就直接去了王妃的房间。王妃看到伯爵难过的样子，就叫身边的女仆退下，想知道伯爵为什么而烦恼。伯爵故作冷静，告诉王妃，吉斯公爵急切地想见到她，现在公爵就在附近。听到这个消息，王妃一声惊呼，几乎和伯爵一样感到困惑不解。起初，王妃一想到能见到深爱的男人，就满心欢喜，可是她转念一想，这件事情严重违背了她的原则，她不能冒险。如何既不让自己的丈夫有所察觉，又能在晚上把情人弄到家里相见，王妃觉得要办到这一切，困难重重，她必须想个万全之策。伯爵等着王妃的答复，仿佛这是一件事关生死存亡的事情。看到王妃一言不发，伯爵意识到她态度不明，摇摆不定。于是，伯爵冒昧地把这次见面可能会引起的危险，向王妃一一陈述，同时也希望王妃能明白，他这么做不是出于私利，全部都是为王妃考虑。他又说道，如果王妃不顾忌他所说的一切，还是决心要见公爵的话，他愿意帮忙，把公爵带到她的面前。“是，夫人，”他说道，“我会找到吉斯公爵，并把他带到您的房间，因为让公爵独自待在外面，实在是太危险了。”

“可是，这怎么才能做到呢?”王妃打断伯爵的话，问道。

“啊！夫人，”伯爵喊道，“那么您决定吧，我会替您想个办法的。我会领着公爵穿过公园，您吩咐一个信得过的女仆，就在午夜，把花园里通往您房间前厅的吊桥放下来就可以了，剩下的事情就交给我吧。”伯爵说完就起身离开，没有等王妃再多说什么。事不宜迟，他骑上马去找吉斯公爵，而这时公爵正焦急烦躁地等着伯爵。

王妃脑子里还是一片混乱，过了好一会，她才回过神来。她首先想到的是，派人去追伯爵，阻止这件事的发生，可是她又下不了决心。接着，她安慰自己，只要不把吊桥放下来，就还能控制事态的发展。可是，约会的时间越来越近了，她克制不住长久以来想见情人的欲望，随即吩咐一个女仆去放下吊桥，这样一来，公爵就能顺利进入她的房间。

与此同时，公爵和伯爵也离尚皮尼越来越近，尽管走在同一条路上，但此时此刻，他们两个人的心情大相径庭。公爵满心欢喜，期待着幸福的会面；伯爵则既绝望又生气，忍不住想把手中的剑刺向对手的胸膛。最后，他们到了公园，公爵随从伺候他们下马，穿过花园墙上的一道缺口，进了花园。伯爵一直还抱有希望，希望王妃能悬崖勒马改变主意，下定决心不见公爵，可是当他看到吊桥已经放下来的时候，他明白希望落空了。他忍不住想采取措施，孤注一掷，可是，他不能这么做，他知道，只要有一点动静，蒙庞西埃亲王就会被惊动，因为亲王的房间正对着同一个花园，一旦引发混乱，他最爱的人可能会人头落地。伯爵冷静下来，还是把公爵带到了王妃的面前。王妃向伯爵示意，希望会面期间，伯爵仍然待在房间里，可是伯爵拒绝了，退到王妃房间旁边的过道里等着。他黯然神伤，失落沮丧，爱情深深地伤害了他，他却无力改变。

尽管他们过桥的时候，尽量地小心谨慎，只发出很轻微的声音，可是敏感的蒙庞西埃亲王当时没睡着，还是听到了屋外的动静。他吩咐一个佣人去看看怎么回事。这个佣人把头探出窗外，屋外一片漆黑，除了看到吊桥被放下来了，其他什么也看不见。他告诉主人后，主人不死心，又叫他去公园，一探究竟。过了一会，亲王自己也起来了，屋外的动静让他无法入睡，他很是不安。有人走过通往他妻子房间的桥上，传来阵阵脚步声，声声敲在他的心上。

他朝着那条小过道走去，此时，伯爵正在那条过道里等着。王妃与吉斯公爵单独相处，感到有点尴尬不安，王妃叫公爵进房间，叫了很多次，公爵不肯进房间，王妃就继续催促公爵，公爵大为恼火，大声回答说："别让蒙庞西埃亲王听见了。"蒙庞西埃亲王还是听见了，只是公爵的声音太模糊不清，亲王只能听出来是一个男人的声音，误以为是伯爵的声音。

蒙庞西埃亲王虽然个性温和，可是天性善妒，这件事情激怒了他。他快速冲到门口，命令人开门，王妃、吉斯公爵和夏巴纳伯爵都吓了一跳。夏巴纳伯爵听见亲王的声音，立刻意识到无法让亲王相信，他妻子的房间里没有其他人在。如果亲王发现，待在他妻子房间里的男人是吉斯公爵，可能会当着王妃的面杀了公爵，甚至会祸及王妃。所以，伯爵决定牺牲自己，来救情敌和不知感恩的女人。

当亲王捶门的时候，伯爵果断地走向不知所措的公爵，让领着公爵走过吊桥的那位女仆，带着公爵出去。吉斯公爵刚离开房间，亲王就发了疯似的破门而入，然而，他只看到一言不发的夏巴纳伯爵，正依靠在桌子旁，神情伤心透顶。亲王停了下来，他惊讶地发现自己最好的朋友，深夜待在自己妻子的房间里，和妻子独处，他惊愕得说不出话来。王妃瘫倒在软垫上，她从未想到，命运会将他们三个人置于如此困窘的处境中。最后，亲王试图弄明白眼前发生的混乱情景，他还把伯爵当做朋友，问道："我看到的是什么？"没等伯爵回答，他又说道，"但是我最亲爱的朋友，那么多女人你不选，偏偏引诱我的妻子？还有你，夫人，"他转向妻子，说道，"难道你有了我的爱和荣誉还不够吗，还要在这种情况下，夺走曾经安慰过我的朋友的爱和荣誉吗？回答我，你们两个，"他对他们愤怒地说道，"解释这件事情，我不敢相信我看到的一切。"王妃什么都说不出口，伯爵张了一两次嘴，欲言又止，最终什么也没说。

“你把我看成犯人，”停了一会儿，伯爵说，“我不值得拥有你给我的友情，可是情况并不像你所想的那样。我比你还要难过，还要绝望，我不知道该怎么向你解释。我死了也许才能让你解恨，你如果现在杀了我，算是帮了我的忙了。”伯爵说这些话时，带着深深的忧伤，他没有表明自己的清白，这让亲王意识到，也更加确信，眼前看到的一切肯定是事有蹊跷，只是他不明白到底发生了什么，这种不确定让亲王愈加难受。“你要杀了我才满意吗?”他说，“解释你说的话，我不明白你的意思。你欠我友谊，你欠我自律，你这样冒犯我，除了我没有别人能夺走你的性命。”

“这一切表象都让人误会。”伯爵打断亲王的话。

“啊！太过分了。我必须要复仇，要把一切都弄清楚。”亲王说，愤怒地朝伯爵冲了过去。王妃害怕会发生杀戮（这其实不可能发生，因为她丈夫没拿刀），就站在他们中间，想阻止两个男人的战争，不想昏倒在丈夫的脚下。亲王看到这一幕更受触动，甚至比他面对冷静的伯爵，还要更加生气。他不愿再看到这两个折磨他的人，他扭过脸，扑倒在妻子的床上，悲痛难抑。夏巴纳伯爵后悔自己亵渎了友谊，他有很多话要说，但却认为自己无论如何都无法赎罪，就匆忙离开房间，穿过王妃的住所，走进庭院，骑上马，穿过乡村，蒙受耻辱让他内心绝望无比，却又无法发泄。蒙庞西埃亲王看到妻子还没有苏醒，就把妻子丢给女仆，心烦意乱地回到自己的房间。

吉斯公爵离开公园后，几乎没想到自己会造成如此混乱的局面，他只想快速离开是非之地，不知不觉就把尚皮尼抛在数里之外了，从此以后，他再也没得到关于王妃的消息。他在森林里停下来，派自己的随从去找夏巴纳伯爵，看看接下来发生了什么事。随从找不到夏巴纳的踪迹，却告诉他，王妃病重。听了随从的话，公爵很是担心，可是又无能为力。他无可奈何，只好回叔叔那里，以免离开太久，引起叔叔的怀疑。

随从说王妃病重，确有此事，因为当女仆把王妃安置到床上时，王妃就已经发了高烧，并且眼前老是出现可怕的幻觉。到了第二天，王妃的生命就岌岌可危了，亲王装病，不去王妃的房间看望，他不想去面对她。这样一来，大家就不会感到奇怪，也就不去打听发生了什么事。

要求亲王重返宫廷的命令下达了，所有信奉天主教的亲王们都被召回宫廷，为屠杀胡格诺教徒做准备，这正好让亲王免除了尴尬，他似乎有了解脱的感觉。亲王出发去了巴黎，对妻子的病不闻不问。亲王还没有到巴黎，对胡格诺派的进攻就已经开始了，沙蒂永海军元帅已经被杀。两天以后，闻名的大屠杀在全欧洲爆发了。

可怜的夏巴纳伯爵躲在巴黎的郊区，陷入了深深的痛苦之中，不能自拔，他也遭遇了胡格诺派的悲惨遭遇。在伯爵藏身的地方，有人认出了他，怀疑他仍然信奉胡格诺教派，当晚许多人被杀，包括他在内。第二天，蒙庞西埃亲王正好去那个地区发布命令，路过夏巴纳伯爵横死的街道，看到了路旁伯爵的尸体，心头一沉。看到这凄惨的一幕，回想起他们过往的友谊，亲王感到震惊悲伤。可是，亲王又想到伯爵对他的冒犯以及带给他的侮辱，他认为伯爵罪有应得。伯爵的死让他感到释怀，正好借他人之手替自己报仇。

吉斯公爵借着大屠杀的机会，为父亲的死报仇雪恨，渐渐对蒙庞西埃王妃失去了兴趣。加上，他遇上了努瓦穆蒂耶侯爵夫人，她是一位集美貌与智慧于一身的女性，公爵对她许下更多的诺言，比对蒙庞西埃王妃许过的诺言还要多。公爵爱上了努瓦穆蒂耶侯爵夫人，并对她终生不渝。

王妃病危，和死神擦肩而过，然后又慢慢恢复。她恢复了意识，丈夫不在，这让她感到轻松些。因为她情绪低落，所以身体恢复得非常缓慢。特别是在王妃生病期间，吉斯公爵杳无音讯，这让王妃精神大受打击。她问女仆是否见到任何人，有没有信寄给她，结果发现什么都没有，她觉得自己是世上最可怜的女人。她为了一个男人不顾一切，可是这个男人却抛弃了她。她的丈夫在第一时间就通知她夏巴纳伯爵去世的消息，这对王妃而言，又是一次莫大的打击。吉斯公爵薄情寡义，让王妃更加深刻地懂得，夏巴纳伯爵的忠诚是多么可贵，可是她却永远失去了对自己如此忠诚的人。

噩耗加重了王妃的病情，让她刚刚恢复的身体又陷入危险之中。努瓦穆蒂耶侯爵夫人对自己和吉斯公爵的恋情毫不掩饰，不像别人那样极力隐藏私情。所以他们的关系被传得沸沸扬扬，尽管蒙庞西埃王妃离群索居，又重病在身，还是得知了许多关于他们的事情，而且对此深信不疑。这对她而言，是致命的打击。她失去了丈夫的尊重、情人的关心和最忠诚的朋友，病倒在床上，一病不起，不久就过世了，那时她还正值青春年少。她年轻貌美，如果她谨言慎行，严守贞操的话，本可以过上幸福美满的生活，这一切被她亲手断送了。

谢尔盖神父

[俄] 列夫·托尔斯泰

管　鲁译

第一章

四十年代，彼得堡发生了一件让大家很吃惊的事。一位美男子，是个公爵，胸甲骑兵团禁卫骑兵连连长，大家都预言，他会被提升为侍从武官，拿稳了随侍皇帝尼古拉一世的灿烂前程，但是，他却在与深得皇后宠幸的美丽的宫中女官举行婚礼的前一个月，突然呈请辞职，断绝了同未婚妻的关系，把一处不算大的地产留给了妹妹。他进了修道院，想要出家当修士。这件事太让人吃惊了，对于那些不知道内情的人，他们可能会觉得更惊讶。可是对于斯捷潘·卡萨茨基公爵本人，他觉得所有发生的一切都太自然了，他简直不能想象，除了这样，还有什么别的选择。

斯捷潘·卡萨茨基的父亲是一位退伍的禁卫军上校，在斯捷潘十二岁的时候就过世了。他临终时还叮嘱，不能把孩子留在家里，要把他送进武备学校。母亲虽然舍不得让自己的儿子离开家，但也不敢违背亡夫的遗愿，还是把儿子送进了武备学校。她自己也和女儿瓦尔瓦拉移居到了彼得堡，为的就是能在逢年过节的时候接儿子回家。

斯捷潘才华出众，自尊心也很强。他的每门功课都是名列第一，特别是数学，他非常喜欢数学，成绩非常拔尖。在队列排练和骑马方面，他也同样出类拔萃。他个子比其他人高些，长得也英俊潇洒。他的性情虽然有些暴躁，但在操行上也算是个模范生。他不喝酒，不好色，非常正直。唯一的一点不足是他一触即发，脾气大，当他生气的时候，他就完全失去了自控力，像是一头野兽。有一次，他的一个同学拿他收藏的矿物标本开了句玩笑，他几乎要把这个同学从窗口扔出去。另一次，他差点完蛋了：他把一大盘肉丸子扣到庶务官的脸上，向这个军官扑过去，揍他，据说是因为他说话不算数，并且当面撒谎。如果不是校长故意想隐瞒这件事，把庶务官逐出校门，他一定要被黜当兵。

他十八岁毕业，进贵族禁卫团当了军官。他还在武备学校的时候，皇帝尼古拉·帕夫洛维奇就认识他，进了禁卫团之后，皇帝也十分赏识他，因此大家预言，他肯定能够当上侍从武官。而卡萨茨基也很想得到这个，这不仅是出于虚荣心，主要是因为他还在武备学校的时候，就热烈地，真是热烈地爱着尼古拉·帕夫洛维奇。每当尼古拉·帕夫洛维奇身穿军服，长着鹰钩鼻，蓄着剪短的连鬓胡子，身材颀长，昂首挺胸，大步走进武备学校（他常去看他们），声音洪亮地向学生们问好的时候，卡萨茨基就感到恋爱般的狂喜，正如他后来遇到他的意中人所感到的那种狂喜一样。不一样的是他对尼古拉·帕夫洛维奇的一片痴情更为强烈。他真想有机会向他表露一下自己无限的忠心，甘愿为他做任何牺牲，甚至可以慷慨捐躯。尼古拉·帕夫洛维奇也知道这种狂热的原因，就故意激发他。他和学校学生一起玩，让他们随侍左右，他对他们一会儿像孩子一样随便友好，一会儿又很庄严肃穆。在卡萨茨基最近发生的一次殴打军官的事情之后，尼古拉·帕夫洛维奇对卡萨茨基未置一词，但是当卡萨茨基走到他的身边时，他又故作姿态地让他走开，并且皱着眉，举起手表示威胁。后来，临走的时候他说：

“您要知道，我是了解一切的，只是有些事我不想知道。但是它们全在这里。”

他指了指心。但当军校毕业生觐见皇上时，他已经不再提这件事，而是像以前一样对他们说，为了他们能够为皇上和祖国效忠，他们有事全可以直接找他，他永远都是他们最好的朋友。大家一直都非常感动，而卡萨茨基想到过去打庶务官的事情，不禁声泪俱下，发誓要效忠于敬爱的沙皇。

卡萨茨基进了禁卫团以后，母亲和妹妹先是搬到莫斯科，后来又搬到农村。卡萨茨基把一半的财产都给了妹妹，而他留下的那一半，只够他在那个奢侈的禁卫团里供自己花销的了。

外表上，卡萨茨基好像只是一个仕途得意，而且十分出色的普通的年轻的禁卫军人而已，但是他的内心却进行着复杂而紧张的活动。这种内心活动在他小的时候就似乎是形形色色、层出不穷，但实质上都是一样的，归根结底，就是不管做什么事情，都努力做到最好，做出一些成绩，以博得人们的夸奖和惊叹。不管是军事训练还是一般功课，他都一定认真去做，一定要得到夸奖，并且一定要等到大家说他是模范他才肯罢休。一件事达到目的之后，他就会换另一件事做。就这样，他在各门功课上都得了第一。还在军官学校的时候，有一次他觉得法语说得不够好，于是他就非常努力，努力把法语说得跟俄语一样流利。后来他又学习下棋，一样的孜孜不倦，终于，还在上学的时候，他的棋艺就十分精湛了。

除了效忠沙皇和祖国这个大的人生使命之外，他还常常给自己提出一些其他的要求，无论这些目标是多么的不重要，他也会全力以赴，不达目的誓不罢休。只要目标达到，他就会想出另一个目标，代替之前的目标。这种出人头地和极力想达到目标的信念，充满了他的生活。为此，当他担任军官后，他就发誓要尽善尽美地完成工作，虽然他那抑制不住的暴躁的性格又回来了，让他屡犯军纪，阻碍了他的上进，但他还是很快就成为了一名模范军官。后来，他在上流社会的一次谈话中，觉得自己受到的教育还有不足。他就立志要充实自己，于是就静下心来读书，最终也达到了自己的目标。后来他又决定要在高等上流社会取得一种卓越的地位，于是他学会了跳舞，而且还跳得很好，他又很快地达到了目的：他被邀请参加上流社会的所有舞会和一些晚会，但是这些还是无法让他满足。他习惯了优于其他人，而在这件事，想要独占鳌头还差得远。

那时的高等社会，在我看来，无论在什么时代什么地点都由四种人组成：第一种，富有的宫廷显要；第二种，并不富有，但是在宫闱之内出生和长大的人；第三种，巴结朝廷显贵的富人；第四种，既不富有，又没出生宫闱，但能对第一类和第二类曲意逢迎的人。卡萨茨基不属于前两类，充其量只能纳入后两类。他刚踏入上流社会，便立志要与上流社会的一个女人搞上关系。让他吃惊的是，他很快便达到了这个目的。但是他很快看到，他出入的那个阶层其实很低，还有更高的阶层，而在高等的社会阶层中，他虽然被接纳了，但是总感觉自己是局外人。他们对他很有礼貌，但言语态度间能看出他们还有自己人在，而他并不是自己人。卡萨茨基想在那里成为自己人，为了达到这一点，他必须当上侍从武官（他正等着这个），或者在这个圈子里结婚。他下决心要做到这一点。他看中了一个姑娘，一个美人，是个内侍女官，她不仅是他想要进入的那个社会里的自己人，也是上流社会里所有身居要职、地位稳固的人努力想要接近的一个女人。她就是科罗特科娃伯爵小姐。卡萨茨基不单单是为了自己的前途才追求科罗特科娃小姐，这位小姐还特别妩媚，自然，他很快便爱上了她。一开始，她对他很冷淡，但是后来突然就变了，变得温存了，她的母亲也很殷勤地邀请他到她们家做客。

卡萨茨基向她提出了求婚，她接受了，他感到奇怪：他竟然这么轻易就得到了幸福，而他从她们母女的语言态度中读到了某种特别的令人奇怪的东西。他太痴情了，太迷恋了。因此忽略了城里人尽皆知的一件事：他的未婚妻一年前曾是尼古拉·帕夫洛维奇的情妇。

第二章

在预定结婚日期的前两周，卡萨茨基坐在沙皇村未婚妻的别墅里。这是个炎热的五月天，未婚夫陪着未婚妻在花园里散了会儿步，在绿荫如盖的菩提树林荫道的一条长凳上坐了下来。梅丽穿着一件白色的薄纱连衣裙，显得分外娇美。她仿佛是贞洁和爱的化身。她坐着，一会儿低下头，一会儿抬头看着那位魁梧的美男子。卡萨茨基特别温柔和小心地和她说话，唯恐自己的一个姿势、一句话玷污或亵渎了自己未婚妻天使般的纯洁。卡萨茨基属于四十年代（现在已绝迹）的这样一种人：他们在两性关系上对自己很放纵，内心也并不觉得这样是不对的，但是却要求自己的妻子是无瑕的，守身如玉的。对自己圈子里的每一个少女都看做是在寻找配偶的雌儿，我看上面的这种观念是有益的。少女们看到人们把她们神化，也就努力去做个女神。卡萨茨基对于女人就是这种观点，而且他也是这么看待自己的未婚妻的。这天，他特别钟情，对未婚妻没有一丝一毫的肉欲，相反，他痴情地望着她，就好像她是一件高不可攀的东西一样。

他伸直了自己高大的身躯，两手拄着军刀站在她面前。

“我现在才知道一个人所能体会到的所有的幸福，这就是您，就是你，”他怯怯地笑着说，“给予我的幸福！”

他正处于这样的时期，还不习惯用“你”。在精神上，他觉得她高高在上。对这位天使称“你”，他都觉得害怕。

“由于……你，我才真正认识到自己，真实的自己要比想象的好。”

“我早知道这个了，因此我才爱上了您。”

近处响起了夜莺的啼啭，微风吹过，嫩绿的树叶轻轻摆动。

他拿起她的手吻了一下，眼泪涌上了她的眼睛。她明白他是在感谢她刚才所说的她爱上了他。他走了几步，沉默了一会儿，然后又回到她的身边。

“您知道，你知道，哎，其实都一样，我跟你亲近也不是无所求的，我想建立跟上流社会的关系，然而后来……我了解了你，我和你相比是多么的渺小啊。这个，你知道了之后，会不会生我的气啊？”

她并没有作答，只是用手轻轻地摸了摸他的手。

他知道她做了这个动作，就等于在说“我原谅你了”。

“是的，你刚才说……”他犹豫了一下，觉得这样做有些无礼了，“你说，你爱上了我，但是，你要原谅我，我是相信你的，但是，我总觉得还有什么事情让你担忧，让你不安。到底是什么呢？”

“对，要么现在说，要不就永远不说，”她想，“反正他早晚会知道的，但是现在他是不会离开我的。啊！如果有一天他要离开我了，那是多么可怕的一件事啊！”

她用爱恋的目光看着未婚夫那魁梧、高贵、健壮有力的身体，现在她对他的爱要超过他对她的爱。假如不是皇位，她才不愿意拿这样一个人去换皇上呢。

“请您听我说，我不想做不诚实的人，我觉得我应该把所有的事情都说出来。我知道您问的是什么啊？那就是我曾经爱过别人。”

她恳求地把自己的手放在他身上。

他一句话也不说。

“您想知道是谁吗？对的，是皇上。”

“其实我们大家都是爱他的，我想，您是在学校……”

“不，是在后来。那只是一时的迷恋，后来很快就过去了。但是我觉得我应该说出来……”

“嗯，那又怎么样呢？”

“不，我不是一般地……”她双手捂住脸。

“怎么？你委身于他了吗？”

她一句话也没说。

“难道你做了他的情妇？”

她还是一句话不说。

他跳了起来，脸色苍白，颧骨抽搐着，站在她面前。他突然想起来了，有一次，尼古拉·帕夫洛维奇在涅瓦大街遇见他时，曾亲切地对他的订婚表示祝贺。

“我的上帝啊，我都干了些什么，斯季瓦!”

“不要碰我。噢！你让我太痛苦了!”

他转身就走回屋里去，在屋里，他看到了她的母亲。

“您怎么了，公爵？我……”她看见了他的脸以后，就不再说话了。血猝然涌上了他的脸。

“您也知道这件事了吧，你们居然想利用我为他们遮丑。如果不是你们两个女人……”他在她的头顶举起了拳头，大叫了一声，便转身跑了出去。

若他未婚妻的情夫不是一国之君的话，他一定会打死他的。可是他偏偏是自己所崇拜的沙皇。

第二天，他就递上假条并且要求辞职，假说自己有病，什么人也不见，接着就到乡下去了。

他在自己的村子里度过了这个夏天，顺便安排了一下家务。夏天结束之后，他并没有回到彼得堡，而是进了修道院，出家做了修士。

他收到母亲的来信，劝他不要这样不给自己留后路。他回信说，上帝的使命高于一切其他的顾虑，而他现在已经体会到这个使命了。只有他妹妹是了解他的（她和她哥哥一样都很骄傲和虚荣）。

她明白，他去做修士的原因是因为他要比那些站得比他高的人站得还高，这一点她是非常了解。他出家就是为了证明他把曾经看重的一切事物都视如粪土，他正登上一个更高的高度，从那里去俯视那些他曾经羡慕的人们。然而也不完全像他妹妹想的一样，只有一种感情在主宰着他。他心中还有一部分是瓦莲卡不知道的，那是真正的宗教感情。这种感情加上骄傲感和凡事争先的欲望交织在一起，这三种情感支配着他。他曾经把梅丽（他的未婚妻）想象成是圣洁的天使，他对梅丽是如此的失望，因此也感到深深的侮辱。如果这一切没有把他引向绝望，还会引向哪里呢？引向上帝，那是在他心中从来没有被破坏过的童年的信仰。

第三章

在圣母节那天，卡萨茨基进了修道院。

修道院的院长是一个贵族，而且是个博学的著述家和长老。他隶属于由瓦拉希亚沿袭下来的传统……修士必须没有怨言地服从自己的领导人和师父。修道院长是著名的阿姆夫罗西长老的徒弟，阿姆夫罗西是马卡里的徒弟，马卡里是列昂尼德长老的徒弟，列昂尼德又是派西·韦利奇科夫斯基的徒弟，卡萨茨基就拜这位修道院长为师。

在修道院，卡萨茨基除了拥有那种凌驾于别人之上的优越感之外，还是竭尽全力地在外表和内心两方面都做到尽善尽美，就像他曾经做过的所有事情一样，他还能从中找到乐趣。在禁卫团时，他是个无可挑剔的军官，他做得要比上级要求的多很多，从而扩大了他完美的范围。同样，在修道院里，他也努力去做一个完美的修士：克制，谦虚，宽容，大度，从思想到行动都很清白和顺从。特别是他的最后一个美德减轻了他生活的艰难。修道院离首都很近，有很多的参观者，他很不喜欢修士生活里的很多要求，但是一切都得“顺从”：我不应该说长道短，我的本分是完成规定的职事。不管是在圣骨旁边守灵，还是在唱诗班唱诗，或者是在客舍记账，一切可能产生的疑惑，不管是对什么事情，都让对长老的“顺从”消除干净。要不是顺从，他很可能因为冗长单调的教堂祈祷，熙来攘往的参观者，以及无聊的兄弟们而感到苦恼，现在他不仅快乐地忍受了一切，而且这些都成了他生活中的慰藉和支持："我不知道为什么同样的祷告一天必须听好几遍，但是我知道一定要这样。因为知道了必须这样，也就在这里找到了乐趣。长老曾经对他说，就像为了维持生命就需要物质粮食一样，为了维持精神生命，就一定需要精神粮食，那就是教堂的祈祷。他觉得这么说肯定是对的，虽然，有时清晨起来参加教堂祈祷是件勉强的事情，但这也确实给了他无可置疑的快乐与安慰。快乐源于谦卑，还有他所做的一切，包括对长老的规定毋庸置疑。他生活的兴趣不仅是越来越大地驯服自己的意志，越来越谦卑，而且还在于他能够达到基督徒所要求的美德，这些美德在一开始的时候都是很容易做到的。他把自己所有的财产都捐给了修道院，而且一点都不觉得心疼，他不偷懒，对下属谦卑。对他来说做到这些很容易，而且还能给他带来乐趣。甚至在战胜淫欲之罪——好色和淫乱，他做起来都没费什么力气。长老告诫他一定不能犯这个罪，他确实没犯过，他很高兴。

每当他想到未婚妻的时候，还是会感到痛苦。有时只是想象一下有可能会发生的事情，都让他觉得难过。他不由自主地就会想起他所熟悉的那位皇上的情人，后来嫁了别人，成了贤妻良母。她的丈夫身居要职，有权有势，还有一个改邪归正的妻子。

在他心情还不错的时候，这些想法还没让他觉得心烦意乱；在他心情还不错的时候，他还会庆幸自己摆脱了这些诱惑。但有时他也觉得自己的追求在他赖以生存的一切面前就黯然失色了。虽然不能说他不再信仰自己所赖以生存的东西，他只是看不见它了，不能在自己的心里唤起它了，而回忆和自己贸然离家的悔意揪着他的心。

对于这种时候，能够拯救他的便是工作和从早到晚的祈祷。

像平常一样，他祈祷，跪拜，有时比平时还多，但他只是用身体祈祷，并没有灵魂。这种情况有时会一天，有时会两天，然后就自行消失了，即使是这一两天也是很可怕的。卡萨茨基觉得自己不再是受自己掌控了，也不是掌握在上帝的手中，而是掌握在异己力量的手里。这时候，他能做和做过的一切，就只能是听从长老的安排，什么也不做，心中清净。总之，这时，他不是凭借着自己的意志存活，而是凭借长老的意志存活，而这种顺从让他觉得很清净。

就这样，卡萨茨基在出家的第一家修道院过了七年。在第三年末时，他落发为修士司祭，赐名谢尔盖。落发对他来说是很重要的一件事。过去，他在领圣体血的时候，也曾感觉到一种莫大的欣慰和精神振奋，现在终于轮到他主领祈祷，但是主持奉献祈祷也没能让他进入一种兴高采烈的和深为感动的感觉，而且后来变得越来越冷淡。有次正好赶上他心情压抑的时候主持祈祷，他感到一切都会消失。确实，他的感情退化了，但是习惯还在。

总之，在修道院生活的第七年，谢尔盖开始觉得厌倦了，需要学习和需要做到的事情，他都会做了，再没什么事情可做了。

于是，他变得对这一切越来越麻木了。也是在这个时候，他得知了母亲过世的噩耗和梅丽出嫁的消息，他对这两件事都很冷漠，他将全部注意力都放在自己的内心生活上。

在他出家的第四年，大主教特别看重他，对他说，如果上面有意委派他更高的职位，他不应该拒绝。于是他的虚荣心蠢蠢欲动了，这是修士的大忌。他被派到京城附近的一所修道院去了，他想要拒绝，但长老让他接受，他只能接受。他告别了长老，转到了另一家修道院了。

这次调动，对于谢尔盖来说是件大事。各种各样的诱惑也来了，谢尔盖只好全力以赴地对待这些。

在之前的那家修道院里，来自异性的诱惑很少让谢尔盖感到痛苦，但是在这里，这种力量却变得越来越大了，甚至到了某种固定的模式。有一个出名的品行不端正的太太开始勾引他。她开始跟他攀谈，请他到家里做客，谢尔盖都严肃地拒绝了，但却被自己内心真正的欲望吓了一跳。他很害怕，把这件事告诉了长老，他还将这件事告诉了自己年轻的徒弟，就是为了防范自己做错事，请他看住自己，除了祈祷和应该做的职事之外，不让他到任何地方去。

除此之外，一个让谢尔盖犯罪的更大的原因源于这所修道院的院长，院长在宗教界飞黄腾达，风流倜傥，八面玲珑。谢尔盖十分厌恶他，无论谢尔盖如何忍让，他都克制不了这种反感。他努力忍着，但内心还是厌恶他，终于，这种不好的情绪爆发了。

这件事发生在他来修道院的第二年。事情是这样的：圣母节那天，大教堂进行整夜的祈祷，来了很多祈祷的客人。修道院长亲自主持祈祷，谢尔盖站在自己通常站的地方，也就是说，他正处于经常拥有的内心争斗中，特别是在大教堂里不是由他主持祈祷的时候。他的内心争斗还表现在，那些参观者，先生们，特别是女士们，都让他觉得特别气愤。他努力地对他们视而不见，不去看周围发生的一切。除了唱和念的祷告词以外，对一切听了就像没听见一样，除了那由于意识到自己正在做应该做的事而体验到的忘我境界以外，任何别的情感也不去体会。当他听着和默诵着听过很多次的祷告的时候，总是会忘我的。

他站着，鞠躬行礼，需要他做什么他就做什么，但是内心在不停地争斗着，一会儿冷静地谴责，一会儿又什么都不想，心情平静。就在这时，法衣圣器室执事尼科季姆神父走到了谢尔盖身边，向他鞠了个躬，说院长让他去祭坛。谢尔盖神父整了整衣服，带上了修士帽，小心翼翼地穿过人群向祭坛走去。

“丽莎，你往右边看呀，这就是他。”他听见一个女人在讲法语。

“哪儿，哪儿？他也不怎么漂亮嘛。”

他知道这是在说他，他听着，就像往常受到诱惑时常常表现的一样，不断地祈祷着，“我不会受到诱惑。”他低着头，垂下眼睛，走过讲经台，绕过那些穿法衣正从圣像旁绕过的领唱们，走进北边的门。他进了祭坛，按照惯例在胸口画着十字，向圣像深深鞠躬，然后抬头看了看院长。他用眼角看到在院长身边似乎有个闪闪发光的人，但没有向他们转过身去。

院长穿着法衣，站在墙边。他从穿在肥胖身体上的法衣下伸出短胖的小手摸着他法衣上的金丝花边，正微笑着和一个军人说话。那军人穿着缀有绣花缩写字、两肩饰有縌带的御前侍从的将军服。谢尔盖神父也曾是军人，所以他一眼便认出来这是他们团曾经的团长。显然这名军人现在是个大官，院长也肯定知道这点的，因此也特别开心。他胖胖的红脸映着秃顶，荣光焕发。谢尔盖神父觉得很不高兴，像是受了侮辱一样。看院长的意思，把他叫来，并不是为了别的，而是满足将军的好奇心，就像将军说的一样，他想看看他过去的同事。谢尔盖神父听了这句话之后，就更加不开心了。

“非常高兴看到你，就像天使一样，”将军伸出手来说，“希望你没有忘记你的老同事。”

胡子和眉毛都已经全白的院长很开心的样子，满脸笑容，对将军所说的每句话都表示赞同。将军的脸保养得很好，脸上洋溢着洋洋自得的笑容，嘴里喷出一股浓浓的酒味，胡子上散发着浓烈的烟味，这一切都让谢尔盖神父非常生气。他又向院长鞠了躬，说："法师，您叫我？"说到这里的时候，他停了下来，脸部表情和整个姿态都在问：干什么？

院长说："是的，你和将军见见面。"

"法师，为了不受诱惑，我已经远离尘世了，"他说，脸色发白，嘴唇颤抖着，"您为什么又让我受到这种诱惑呢？尤其是在祷告的时候，在上帝的神殿里。"

"走吧，走吧。"院长觉得没面子，脸突然红了，皱着眉说。

第二天，谢尔盖神父请求院长和其他人原谅他的傲慢，但同时，经过一晚上的祷告之后，他觉得自己一定要离开这家修道院了。他把这事写信告诉了长老，恳请回到长老的修道院。他写道，没了长老的帮助后，他发现了自己的缺点，他一个人无法抵抗这些诱惑。同时他也忏悔了自己犯了骄傲的罪。下一次的邮班送来了长老的回信。长老回信说，他的骄傲是一切怒火的根源。长老还说，自己的怒火之所以会爆发，是因为他很谦卑，他不因僧侣们感到的荣誉而感到荣誉。谢尔盖生气不是因为上帝，而是为了自己的那点傲气。正是因为这点，他才会忍受不了院长的行为。我因为信仰上帝，把一切都视为粪土，他们却拿我像野兽一样展览。"如果你是因为上帝而蔑视荣誉，你就会忍受。你身上的世俗的骄傲还存在，我的孩子谢尔盖，我一面想着你一面做祷告。关于你，上帝是这样启示我的，像过去一样生活，顺从天意。刚刚我得知，过着圣徒一样生活的隐修士伊拉里翁在他的隐修中死去了。他在那里生活了十八年。坦宾诺的住持问我，有没有人愿意去那里居住，正好是在你来信的时候。你就去坦宾诺修道院去找派西神父吧，我会写封信给他，我会跟他说你想用伊拉里翁的修道室。

坦宾诺隐修院的住持是个很好的当家人，原先是个商人，很随和，他接受了谢尔盖，把他安顿在伊拉里翁的修道室里。一开始还给了他一个侍者，后来听从了谢尔盖神父的要求，留下了他一个人。修道室其实是在山里挖的一个窑洞，伊拉里翁就埋葬在这间窑洞里。窑洞的后室葬着伊拉里翁，前面的房间有一个铺着草垫的壁龛，用来睡觉的，房间里有一张小桌和一块搁板，搁板上放着圣像和书。外面经常关着的那扇门上也钉着一块搁板，修士从修道院送来吃的东西，放在搁板上。

于是谢尔盖神父便成了隐士。

第四章

在谢尔盖隐修生活的第六年的谢肉节时，邻城来了一群快乐的富人。一群男人女人吃完春饼喝过酒之后，就驾着三套马的雪橇出去玩了。他们中有两位律师，一位有钱的地主，一位军人，还有四个女人。这四个女人中，一位是军官的太太，一位是地主的太太，另一位是个少女，她是地主的妹妹，还有一个是离过婚的太太，她长得很漂亮，有钱但是有些怪癖。有时她奇怪的行为经常会吓到旁人。

天气很好，马路就像地板一样。他们大概在郊外跑了十俄里时停了下来，一起商量要去哪里：是往回走，还是继续向前走。

“这条路是去哪儿啊？”那位漂亮的离过婚的太太马科夫金娜问。

“通坦宾诺，距离这里十二俄里。”向马科夫金娜献殷勤的那位律师说。

“嗯，那然后呢？”

“那往下走就到修道院了。”

“是那位谢尔盖神父住的修道院吗？”

“是的。”

“是卡萨茨基？那个美男子，隐修士？”

“是的。”

“女士们！先生们！咱们一起去找卡萨茨基吧。先去坦宾诺休息一下吧，吃点东西。”

“但是，咱们就没法回家过夜了。”

“没关系，就到卡萨茨基那里过夜吧。”

“那儿肯定有修道院的客舍，而且也能住得很舒服。我替马欣辩护的时候，就到那里去过。”

“不，我一定要在卡萨茨基那里过夜。”

“得了，你再有本事，那也是不可能的。”

“不可能？咱们打赌吧。”

“可以啊，如果你今晚能在他那儿过夜，要什么我都可以给你。”

“要什么给什么。”

“您也得这样啊。”

“那当然了，走吧。”

给车夫们拿来了酒，他们自己拿来了一箱馅儿饼、酒和糖果。女人裹在白色的狗皮大衣里。车夫们争论了一番该由谁来领头，一个年轻小伙子就彪悍地转过身子，挥了一下长鞭，铃声响起来，滑木也发出吱吱嘎嘎的声音。

雪橇轻轻地颠簸着和摇晃着。拉边套的马套着一副镶有金属饰件的套具，马尾巴被高高地套起，他们平稳地，开心地跑着，像抹了油一样，路面在快速地后退。车夫时不时地抽一下缰绳。

律师和军官对面坐着，跟旁边的马科夫金娜聊天，而马科夫金娜则裹紧大衣，一动不动地坐在那里，她在想：“都一个样，真是让人恶心，又红又油的脸，一身烟酒味，说了那么多，都没脱离一个圈子，一切都围绕着‘恶心’这个词，自己还觉得了不起，那么坚信自己说的话，而且他们这种人到死都不会改变。我才不想理他们呢，我觉得好无聊，我需要些什么东西把这一切都打乱，翻个个儿来。嗯，哪怕像萨拉托夫的那些人也行啊，他们好像是出去玩的时候冻死了。嗯，如果发生在我们身上，我们会怎么样呢，会怎样表现呢，肯定会很卑鄙的。到时候大家都只顾着自己。而且有可能我也会很卑鄙，但是至少我长得漂亮，他们都知道这个。可是，那个修士呢，难道他不懂吗？不可能，他们都懂得的。就像秋天我跟那个军官学校的学生一样，那家伙可真蠢……”

“伊万·尼古拉伊奇！”她说。

“什么事啊？”

“谁啊？”

“当然是卡萨茨基啊。”

“大概四十出头吧。”

“他是不是所有人都能见啊？”

“是的，但是他不常见人。”

“把我的腿盖上。不是这样，你真的好笨啊！对，再裹紧点儿，再紧点儿，就这样。不要捏我的腿啊！”

他们就这样跑到了修道院的树林前。

她下了雪橇，让他们走开。他们都劝她不要这样做，她不开心了，让他们赶紧走。于是雪橇走了，只剩下她裹着那件白色的狗皮大衣，沿着小路走了。律师下了雪橇，静静地看着她。

第五章

这已经是谢尔盖神父闭门静修的第六年了。他已经四十九岁了，生活很艰难，这些艰难不是食素和祈祷带来的，这些都不是什么困难，真正困扰他的是他内心的争斗。他怎么都不会想到，斗争的根源有两个：怀疑和肉欲。而这两个敌人总是同时出现，他曾经以为这是两个不同的敌人，其实这两个是相同的。怀疑一旦消除，肉欲也会随之消失。但他始终认为，这是两个不同的魔鬼，一直同它们分别战斗着。

“我的上帝！我的上帝！”他想，“为什么你不赐予我信仰呢。是的，淫欲，圣安东尼和别的圣徒也曾经和淫欲斗争过，但是他们都有信仰，而我却经常没有信仰。倘若人世间是罪恶的，那就一定要离开尘世，那么这个世界的美又是为了什么呢？为什么又要设置这些诱惑呢？诱惑？我想远离这尘世间的快乐，我想去什么也没有的地方生活，这也算是一种诱惑吗？”他自言自语，心里开始骂自己，接着又继续祷告。刚开始时，他在修道院里的模样清晰地出现在他的眼前：戴着修士帽，穿着长袍，庄重的样子。他摇了摇头：“不，事实不是这样的，这是种欺骗，我骗得了所有人，但骗不过自己，也骗不了上帝。我不是正直的人，而是一个可怜而可笑的人。”于是他提起法衣的衣襟，看了一眼那穿着衬裤的可怜的双腿，笑了。

然后他放下了衣襟，开始念经，画十字，鞠躬行礼。“难道我就要死在这里了吗？”他自言自语道，好像一个魔鬼正在向他低声说话，单身的人的床本来就很容易变成葬身之地。“虚伪。”他想到了那个曾与他姘居的寡妇的双肩，发出一句感叹。他甩了甩头，接着念经。他念完戒律，又念起了《福音书》，翻到他反复读到会背的片段：“我信，但我信不足，求主帮助。”他收起涌上心头的一切怀疑，就像人们要安放一个不容易平衡的东西一样，他把自己的信仰又重新安放在那条摇晃的细腿上，然后小心地离它而去，避免把它碰倒。眼前的帐幕又出现了，他心安了。他又念了一遍自己儿时的祈祷：“主啊，带我离开吧，带我离开吧。”于是他感到了轻松，也感到快乐，同时也深受感动。他画了个十字，把褥子铺在窄凳上，在褥子上躺下来，把夏天时穿的法衣垫在头下。他睡了，睡得很轻，梦里好像听到了铃铛的声音。他不知道自己是醒着的，还是在梦里，就在这时，一阵敲门声把他惊醒。他站起来，不太相信自己的耳朵，但敲门声又响了起来，对，这是敲门声，很近的敲门声，是在敲他的门，另外还有一个女人的声音。

“我的上帝！我曾在圣徒传中读到，魔鬼有时会假扮成女人，难道这是真的吗？是的，这真的是女人的声音，而且那么的温柔，带点柔弱的声音，有些可爱！呸！”他吐了口唾沫。“不是的，这一定是我的幻觉。”他说，说着他走到了那个诵经台的角落里，双膝跪下，在做这个动作时他感到了快乐和安慰。他跪下来，头发散着，他已经快秃光的脑门紧贴在潮湿阴冷的地板上。

他嘴里念着赞美诗，皮缅神父曾经对他说过，这样可以驱妖辟邪。他的有力气的有点神经质的双腿抬起他瘦弱的身躯，他想就这样接着念下去，但是他没有念，而是不由自主地在听。他希望能够再听到那声音，但是一点声音都没有了，水从屋檐上滴滴答答地流淌下来，滴到了房屋角落里的小木桶里。屋外下着小雨，浓雾笼罩着天空，积雪慢慢地在融化。一切都非常地安静。突然窗外一阵杂音，而且一定是人发出的声音，还是那个温柔的，有点柔弱的声音。这样的声音一定是个可爱的女人发出来的，这个声音在说：

“就让我进去吧，看在上帝的份上……”

他感到仿佛全身的血都涌向了心脏，心脏停止不动了，他连气都不敢出：“愿神灵兴起，让他的仇敌散去吧……”

“我不是魔鬼啊……”听得出来，在讲这话的嘴巴微笑着，“我不是魔鬼，我只不过是个有罪的女人而已，我迷了路，但不是误入歧途，而是真的迷了路（她笑了）。我冻坏了，想找一个栖身之地。”

他靠近玻璃，灯光反射在玻璃上，到处都在闪闪发光。他把手贴近脸，向外张望着。外面浓雾，小雨，树，原来是在右边的。是她，对，就是她，一个穿白色长毛皮大衣的女人，戴着帽子，她长着一张可爱善良的脸，脸上的表情似乎是受惊了。她就在那儿，她的脸就离他有两俄寸的距离，她弯下腰，正在看着他。他们的眼神相遇了，彼此认出了对方。这不是说他们曾经认识的意思，他们从没见过面。但当他们看到彼此时，都不约而同地感觉到了彼此似乎是认识的。经过这样的眼神接触后，就不可能再觉得她是个魔鬼了，他便肯定地认为她只不过是个善良可爱的带一点点柔弱的普通女子而已。

“您是谁啊，你来这里做什么？”他问道。

“您倒是开门啊，”她用带着点专横的撒娇的语气说，“我冻坏了，跟您说，我迷路了。”

“您要知道我是修士，隐居修炼的人。”

“哎呀，您就给我开门吧，您在修炼的时候，说不定我会冻死在您的窗外呢，难道您想那样吗？”

“您是怎么……”

“我又不会把您怎么样，看在上帝的份上，就让我进去吧，我在外面简直要冻死了。”

她也觉得有些毛骨悚然，说着话的时候几乎是带着哭腔的。

他离开了窗户，看了一眼戴着荆棘冠的基督像。“主啊，帮帮我吧，主啊，帮帮我。”他说道，画着十字，深深地鞠躬，然后走到门旁，打开门，走进了门廊。在门廊里，他开始拔门钩，听到门外的脚步声，她正离开窗户向门口走去。“啊!”她突然大叫了一声，他知道她是不小心踩到门口的水坑里了。他的手哆嗦着，却怎么也拔不出挂钩了。

“您是怎么了呀，倒是让我进去啊，我现在全身都湿了，冻死了。您难道只知道拯救灵魂吗，我可快要冻死了。”

他把门使劲一拉，拔出了门钩。他没想到门的弹力那么大，推门的时候碰了她一下。

“啊呀，真是对不起!”他说，他用着很久之前跟女士们交谈时的语气对她说。

当她听到这句“对不起”的时候，微微笑了笑。“嗯，他好像不怎么可怕。”她心想。

“没关系，没关系，请您原谅我。”她走过他身边，说，“要不是这样特殊的情况，我是怎么也没有胆量来惊动您的。”

“进来吧。”他说，让她走了进去，一股沁人心脾的香味从他身边飘过。她穿过门廊走到了里面的屋子。他把外面的门关上，并没挂上门钩，穿过门廊进了里屋。

“主耶稣基督，上帝的儿子，请饶恕我这个罪人吧。主啊，请饶恕我这个罪人吧。”他不仅默默地不停祈祷，甚至表现得很明显，动了动嘴唇，念念有词的样子。

“请进来吧。”

她站在屋子中央，水滴从她身上滴到地板上，她仔细地看着他，她的眼睛好像在笑。

“请原谅我打扰了您的隐修。但是我是真的没办法了，您也看到了。事情的经过是这样的：我们从城里出来，本来是打算要郊游的，我跟他们打赌，我会一个人从麻雀村走到城里，但是没想到却在这里迷了路，事情就是这样的。正好碰巧看到了您的修道室……”

她开始撒谎了，他的面容让她不好意思了，没有办法再说下去，便停了下来。她想象中的他不是这样子的。他不是她想象中的那种美男子，但是在她眼里依然非常完美，卷曲的花白的头发和胡子，端正的鼻子，两眼就像火焰发出的光芒。当他直视她的时候，她被他惊住了。

他能猜出她在说谎。“是啊，原来是这样。”他一边说，一边看了她一眼，又低下头，“我过会儿过来，您先自便。”

于是他拿下灯，点上蜡烛，向她认真地鞠躬后走了出去，进到隔板后的小屋。她听到他在屋里挪动什么东西。“他是不是在用什么东西顶住门，不想让我进去啊。”她想了想，笑了。她脱下白色的狗皮大衣后，取下了别在软帽和帽子底下的针织头巾。其实她站在窗下的时候并没有淋湿，她这样说，只是想快点进去罢了。但是她确实在门口踩到了水坑，左脚一直湿到小腿肚，所以皮鞋和高筒套鞋里全是水。她坐到了他的床上，脱了鞋，这是间很小的修道室，她却觉得很美，在这间窄小的房间里，非常干净，只有一张床，她现在坐的就是，床上方的小搁板上放着书。墙角是一个小小的诵经台。诵经台上挂着基督像和一盏神灯。门上有几个钉子，挂着他的外衣。屋里有一股怪味，油味、汗味和泥土味掺杂在一起。这里的一切她都很喜欢，就连这味道她也很喜欢。

她湿了的双脚，尤其是其中的一只，让她很不放心，她赶紧脱下鞋来，时不时地露出笑容。她很开心，与其说她达到了自己的目的，倒不如说她试图打乱这个很可爱，有点莫名其妙的男人的心。“嗯，不理我，那没关系啊。”她自己对自己说。

“谢尔盖神父，谢尔盖神父，我应该这么叫你吗？”

“请问您有什么事情？”他压低自己的嗓音问道。

“请您原谅，我破坏了您隐修的宁静，但是我是真的别无他法。我真的会生病，我现在也不知道自己是不是已经生病了，我全身都湿透了，两只脚很冷。”

“请您原谅，我没有什么可以帮您的。”他依然压低自己的声音说道。

“我原本是怎么也不会想到来打扰你的，我原想等到天亮。”

他没有回答。继续平静地祷告。

“对了，这样才像个人啊。”她想，费劲地脱着那双鞋，她拽着鞋，但是怎么也拽不下来，她觉得很好笑，轻轻地笑出来，她知道，他能听见她的笑声，而且笑声可以让她从他身上得到她想要的效果。

“是啊，这样的人是可以爱的，他的眼睛，他朴实却高贵的脸，他总是在喃喃自语的样子！”她想着，“我们女人是骗不了的。在他把脸贴近玻璃看我的时候，我就感受到了，他一定是看上我了，他眼睛一亮，我确定我走进他心里了。他喜欢我，对的，他一定喜欢我。”说着，便开始脱下套鞋和皮鞋，脱下长筒袜，要脱掉袜子就必须先撩开裙子，她觉得有点害羞，便对他说：

“别进来呀。”

但是墙的另一边没有任何的动静，不快不慢的祷告声仍在继续，还有一些动作的声音。“他或许是在磕头，但是他不会鞠躬告辞的，他一定在想我，就像此刻我在想他一样，他也一样在想我的这两条腿。”她说着，脱下湿湿的长筒袜，光脚踩在床上，她缩起了双腿，用手抱住膝盖坐了一会儿，若有所思地望着前方，这样荒芜的地方，这样安静的地方，一定不会被人发现的……

她站了起来，把袜子拿到炉子前，挂在一个很特别的通风口上。她把通风口转了一下，然后轻轻地回到床上，把腿蜷起坐了上去。墙那边没有什么声音了。她看了一下胸前的小表，已经两点了。“我们那些人三点左右回来。”现在只有不到一个小时的时间了。

“怎么办呢，真的要我一直这么坐下去吗？这太荒唐了！我不能这么坐着，我去叫他来。”

“谢尔盖神父！谢尔盖神父！谢尔盖·德米特里奇！卡萨茨基公爵！”

门外很安静。

“听我说，你太残酷了，如果不是我有事，我才不会叫您呢。我生病了，我不知道自己到底怎么了。”她痛苦地叫道，“哎呦，哎呦……”她扑到床上，呻吟了起来，好像真的感觉自己浑身没有力气，伴随着疼痛感，她在打哆嗦，发高烧。

“听我说，您就帮帮我吧，我也不知道自己怎么了。哎呦！哎呦！”她解开上衣，露出胸脯，将裸露到肘部的两条胳膊一甩，“哎呦！哎呦！”

这时，他一直站在贮藏室里，不停地做祷告。把晚祷文全都做完之后，现在他一动不动地站着，不断地默诵着：“主耶稣基督，上帝的儿子，请宽恕我吧。”

其实一切的声音他都听见了，他听见了她脱衣服时的窸窣声，她光着脚踩在地板上的声音，还有她用手搓脚的声音。他感到了自己的意志越来越薄弱，每时每刻都有崩溃的可能，因此他不停地祷告。他似乎感受到了童话故事里的英雄那种一往无前的心情。就这样，谢尔盖能听到和感觉到，危险和毁灭都在那里，就在他的周围，他只有一眼都不去看她才能得救。而出现进去看她的念头，他的身心就紧了起来。

就在这时，她说道："听我说，你这样太不人道了，这样下去我会死的。"

"对，去就去，但是我要像那位神父一样，一只手按住淫妇的头，另一只手放进火盆，可是哪里有火盆啊。"他回头一看，看到了灯。他伸出一只手放在火苗上，皱起了眉头，做好要忍受的准备，很长时间他都觉得没什么感觉，但是突然，就在他还说不出疼不疼和到底有多疼的时候，他皱起了眉头，把手缩了回来，甩了甩手："不行，我干不了这个。"

"看在上帝的份上，你就来我这里一下吧，我快要死了，哎呦!"

"那怎么办，要我毁灭吗？那可不行。"

"我这就到您那里去。"他说完就打开了房门，也没看她，就从她身边走过，进了那扇通向门廊的门，他摸到了劈柴的木墩和靠墙的斧子。

"就来。"他说完就用右手拿起了斧子，把左手的食指放在木墩上，抡起斧子就砍在食指的第二关节以下。手指蹦了起来，砍手指要比砍一根同等粗细的木柴容易的多，它翻了个个儿，"啪"的一声落到木墩边上，又落到了地上。

他先听到了声音，才感觉到了疼痛。但是他还没来得及奇怪为什么不疼，就突然感觉到一阵剧痛，也感受到流出的温暖的血。他很快用法衣的下摆裹住了被砍断的手指，把它紧按在大腿上，回头走进了房门。他在那女人面前站住，依然压低声音问：“您有什么事吗？”

她看着他苍白的脸和左边抖动的面颊，她突然感到羞耻。她跳下床，抓起皮大衣披在身上，裹住了身子。

“是的，我觉得疼……我着凉了……我……谢尔盖神父。”

他抬眼望着她，眼里流露出的是平静欢乐的眼神，他说：

“好妹妹，你为什么一定要毁灭自己的灵魂呢？诱惑定会进入尘世，可是诱惑经由他而进入尘世的那个人是有罪的……祷告吧，请求上帝宽恕我们。”

她听着他说话，看着他，突然听到有液体滴下的声音。她低头看，发现血正从他手上沿着法衣向下流。

“您的手怎么了啊？”她想起刚才听到的声音，便拿起灯，跑进门廊，看见地上那节血淋淋的手指。她回到屋里，脸色更加苍白。她想说些什么，但他悄悄地走进贮藏室，随手关上了门。

“请您宽恕我，”她说，“我要怎样才能赎自己的罪过呢？”

“请你离开这里。”

“让我先给您包扎一下伤口吧。”

“请您离开这里。”

她赶忙默默地穿好了衣服。她穿好之后，穿上大衣，便坐下来等着，外面传来了铃铛的声音。

“谢尔盖神父，请您宽恕我。”

“走吧，上帝会宽恕你的。”

“谢尔盖神父，我一定会改变自己的生活。请不要嫌弃我。”

“快走吧。”

“请您宽恕我，祝福我。”

“为了圣父、圣子和圣灵，”声音从隔板后面传来，“走吧。”

她大哭起来，走出了修道室。律师向她走来。

“得了，输啦，没办法，你坐哪儿？”

“哪儿都行。”

她坐上雪橇，直到回家都没说过一句话。一年以后，她正式落发，接受苦行戒律，在修道院里过着清苦的生活。她的师傅是位隐修士，叫阿尔谢尼，他有时会写信指导她。

第六章

谢尔盖又闭门隐修了七年。开始时，人们送来一些东西，他都收下了：有茶，有白糖，有白面包，有牛奶，有衣服，还有劈柴。但是后来，他对生活的要求越来越苛刻，他拒绝一切多余的东西，最后他只要一星期送一次的黑面包，别的什么也不要，别人给他送的东西，他都送给了其他人。

谢尔盖神父的所有时间都是在自己的修道室里度过的，有时祈祷，有时跟来访的人交谈，来访的人越来越多。谢尔盖神父有时外出，最多也就是每年两三次去教堂里，有时，他也需要外出挑水和砍柴。

这样的生活过了五年之后，就发生了马科夫金娜事件。她的夜访，她之后内心的变化，以及最后她进了修道院，都对谢尔盖神父产生了影响。从那件事以后，谢尔盖神父就名声大振。来访的人越来越多，在他的修道室四周也搬来了修士，建起了教堂和客舍。他的名声越传越远，就像我们经常看到的情况一样，慢慢地他的名声超过了他的事迹。有时人们从很远的地方来找他，也有人带病人来的，非说他能治好他们的病。

他第一次治好病人是他隐修的第八年。病人是个十四岁的男孩，他母亲带他来找谢尔盖神父，非要谢尔盖神父把手放在他头上。谢尔盖神父从来都没想过他还能治病，他觉得这样做是犯了倨傲的大罪。但是那位母亲一直哀求他，在地上磕头祷告，她说，为什么他给别人治病不给她的儿子治病，请他看在上帝的份上行行好吧。谢尔盖神父认为只有上帝才能治病，她回答说，她只请求他把手放在她儿子的额头上祷告一下。谢尔盖神父还是拒绝了。他走进了修道室。第二天时，他走出修道室接水，又看到那个母亲带着她的儿子，一个十四岁的男孩，脸色苍白，非常瘦，他又听到她同样的祈求。

这时，谢尔盖神父想到了《圣经》里那个不义之官的故事，“耶稣设一个比喻，是要人常常祷告，不可灰心，说，某城里有一个官，不惧怕神，也不尊重世人。那城里有个寡妇，常到他那里，说，我有一个对头，求你给我申冤。他多日不准，后来心里说，我虽不惧怕神，也不尊重世人，只因这寡妇烦扰我，我就给她申冤吧，免得她再来纠缠我。主说，你们听这不义之官所说的话。”

过去谢尔盖神父坚定地认为他应该拒绝，但现在他却有些怀疑，怀疑之后，他开始祈祷，一直祈祷到他拿定了主意之后。他决定这样做，他必须满足那个女人的需要，因为她的信仰能够救她的儿子，至于他谢尔盖神父，在这种情况下不过是上帝的工具而已。

于是他走出去找到那位母亲，满足了她的愿望，把手放在了孩子的头上，开始做祷告。

母亲带孩子离开了一个月后，孩子居然真的痊愈了，于是谢尔盖长老神医的名声传遍了各地。那时起，几乎每个星期都有人来找谢尔盖神父。他既然没有拒绝这一些人，就不能拒绝另一些人，于是他就把手放在病人们的头上，进行祷告，很多人居然都痊愈了，于是他的名声越来越大了。

他在修道院里住了九年，又闭门隐修了十三年。谢尔盖神父已经有了长老的模样：长长的胡须，头发虽少，但是依然很黑，而且是卷曲的。

第七章

谢尔盖神父几个礼拜以来都在思考同一个问题，对于他的地位，他这么做到底好不好？这个地位其实不是他自己找的，而是修士大司祭和修道院长强加给他的。这是从他治好那个十四岁的男孩就开始了，从那时开始，谢尔盖神父每月每周每天都会感到自己混乱的内心世界，他觉得他的内心世界已经被毁坏了，被一种外在的生活替代了，好像有人把他从里到外翻了个个儿。

谢尔盖感觉到他变成了吸引来访者和施主们到这里来的主要工具。就是因为这样，修道院为了让他的价值发挥到最大，给他很多优待，例如，不再让他劳动了，为了让他做好一切可能的准备，对他的要求，只限于不要拒绝给予来访者祝福就行了。为了让他方便，他们替他安排好见面的时间，而且安排了一间男客接待室，还有一个专供他替别人祝福的地方。这个地方四周围了栏杆，免得那些女客人挤过来时把他撞倒。如果说人们需要他，他为了坚守基督博爱的信条就不能拒绝人们想要看到他的样子，而拒绝这些人是残忍的，这一点他不能不同意，但是随着他做这种事情越来越多，他越来越觉得自己的内心世界变成外在的了，他心中的活命之泉已经开始枯竭了，他所做的所看的，都不再是为了上帝了。

不论是他去劝谕别人，还是只是单纯地祝福；不论是为病人祷告，还是为人们答疑解难，还是倾听人们对他的感谢，对于这些，他感到高兴，也很关心自己工作的后果，以及他的工作对别人的影响。他想，他是一盏明灯，他越是这么想，就越感觉到心中的真理之光在渐渐地暗淡和熄灭。“我的事多少是为了上帝，多少是为了人们?”他常常在思考这个问题，这个问题也不断地折磨着他。对于这点，他倒不是回答不出来，他只是不能正视这个问题。他的灵魂深处感受到，魔鬼把他为上帝做的事情偷换成了为人们做的事情。他之所以会这样想，是因为他曾经是因为有人打断他的隐修而苦恼，而他现在是因为隐修本身感到苦恼。这些来访者让他觉得很累，被他们弄得没有力气再做别的事情了，但是他灵魂深处还是开心的，他喜欢听到那些围绕着他的赞扬。

有一段时间，他甚至想要离开那个地方，他想躲起来，他甚至考虑好了一切的事情应该怎么安排。他准备好了一套农民的衣帽，他撒谎说那些是为了给那些向他求告的人。他把这套衣服藏在身边，思考要怎样穿上它们，怎样把头发剪短，离开了那里。先坐火车，坐过三百俄里再下车，然后再沿着村子走。他向一个当过兵的老头咨询是怎么乞讨的，是怎么布施和留宿的。那个老头都告诉了他，应该去哪儿乞求布施，还有要去哪里借宿，谢尔盖神父于是也想这么做。甚至有一天，他都做好了准备，就要离开了，但是他又犹豫了，到底是离开好还是留下好?一开始一直在犹豫，后来就不再犹豫了，他已经习惯了这一切，他屈服了。这套农人的服装只是使他回想起他曾有过那样的想法和冲动。

来找他的人越来越多了，他用来修道和祈祷的时间却越来越少了。有时候，在他头脑清醒的时候，他想，他就好像曾经拥有过一泓清泉。“从前曾经有过一股活命之水的纤细的清泉，静静地从我身上流出，淌过我全身。当‘她’（他常开心地怀念起那一夜，他和她，现在的阿格尼娅嬷嬷）诱惑我的时候，那才是真正的生活。她尝到了那洁净的水，但是那时起，当水还没流到一定数量的时候，就有一大群口渴的人来了，他们你推我，我推你，互相挤来挤去的，他们把什么都推进去了，就剩下了一摊泥浆。”难得清醒时，他会这么想。但是他经常的状态是疲倦，或是由这种疲倦产生的自我陶醉。

有一年春天时，在仲春节的前夕，谢尔盖神父在自己的窑洞里整夜祈祷。能进来的人都进来了，大概有二十个人左右，这些人都是有钱的人。谢尔盖神父对他们是一视同仁的，但是谁能够进来，却是由一个特定照顾他的修士和一个每天从修道院派到他的隐修地来值班的修士挑出来的。一大群人，大概有八十人的朝圣的香客，特别是一群村妇挤在外面，等着谢尔盖神父给她们祝福。谢尔盖神父主领祈祷，当他唱着赞美诗出来，就在他走到先行者的棺材前时，他晃了一下，差点跌倒，幸亏当时有个充当助祭的商人跟在后面，扶了他一下，教堂差役，以及经常住在隐修地、伺候谢尔盖神父的索菲娅·伊万诺夫娜太太，都一起请求他不要再祈祷了。

“没事的，没有关系的，”谢尔盖神父说，在他的胡子底下露出微微的一丝微笑，“不要停止祈祷。”

“是的，圣徒们应该这样做的。”他想。

“真是圣徒！真是上帝的使者！”他接着就听到了身后的索菲娅·伊万诺夫娜和那个扶过他的商人的声音。他不听其他人的劝说，继续带领大家祈祷。大家又相互挤着，穿过甬道，回到了小教堂。在那里，虽然时间可能稍微短了一点，但是谢尔盖神父还是坚持彻夜把祷告做完了。

做完祷告之后，谢尔盖神父马上就给当场的人都送了祝福，然后走了出去，走到洞口外的一棵榆树下面的长凳前。他想要休息一下，呼吸一下新鲜空气，他觉得这是十分必要的。但是他刚一出来，就有大批人向他拥去，想得到他的祝福，想请他帮助指点迷津。有一群女香客，她们总是从一个圣地到另一个圣地，从一个长老到另一个长老那里，她们不管在哪个圣地或者长老面前都是那么的被感动。谢尔盖神父其实看得出来，这类人是最不虔诚的、最冷酷和最矫情的一类人，他都已经习惯了。还有一些人是云游派旧教徒，他们大部分都是脱离定居生活的退役军人，还有一些穷人，很多都是醉鬼，他们从一个修道院到另一个修道院，四处流浪，只是为了能吃顿饱饭，也有一些很无知的农民，带着他们自私的请求，有些要治病的，有些为了让他帮助解决一些困难和问题：女儿出嫁啊，出租店铺啊，买卖土地啊，或者是想要为自己赎罪，像是不小心压死了自己的孩子，或是生养私生子这样的事情。这些事情对于谢尔盖神父来说已经习以为常了，也不再能提起他的兴趣了。他知道，这些人给不了他任何新的东西，这些人也没有虔诚的感情，但是他还是想要看到他们，喜欢看见他们需要他，珍视他，还有他的那些祝福和他的话。所有的他们既是他的累赘，又是他的寄托。谢拉皮翁神父想把他们赶走，借口谢尔盖神父累了，但是每当这时谢尔盖神父就会想起《福音书》上的话："让小孩子到我这里来，不要禁止他们。"一想到这些，他就为自己的行为而感动，便说让他们进来吧。

他站起来，走进栏杆。人们聚在栏杆附近。他开始替他们祝福，同时回答他们的问题。他说话很微弱，连自己都被自己感动了。虽然他愿意接待所有人，但还是感觉到力不从心，他两眼又一阵发黑，晃了一下，抓住了栏杆。他感到血又涌上了脑袋，先是脸色发白，然后满脸通红。

“是啊，看来，只能再等到明天了，我今天是不行了。”他说，向大家共同祝福后，便向长凳走去。那商人又扶起他，拉着他的手走了出去，坐下。

“神父!”人群中有人喊道，“神父！神父！请您不要离开我们，如果没有您我们就完了!”

商人把谢尔盖神父扶到榆树下面的一张长凳上，想要承担起警察的职务，非常坚定地想将人群散开。尽管他的语气很轻，谢尔盖神父听不清他在说些什么，但是能听出他的坚定和愤怒。

“走开，走开。祝福过就可以了，你们还想要什么啊？走吧，要不然，我真的要揍人了！行了，行了，那个缠黑色包脚布的，走开，走开，你这是要去哪儿啊？跟你说过了，不行。明天能做什么要听上帝的安排的，今天统统完了。”

“大叔，您就让我看一眼他的脸吧。”一个小老太婆说。

“我让你瞧！往哪儿钻?”

谢尔盖神父觉得商人的态度似乎有点太过严厉了，于是就用微弱的声音告诉侍者，请他不要赶别人走。因为谢尔盖神父知道，不管怎么说，他还是会赶走他们，他其实也很想自己待着，休息一会儿，他这样做，无非是想给别人留个好印象而已。

“好，好，我不这么做了，我问问他们觉得自己有良心吗，”商人答道，“他们简直就是要命，简直一点同情心都没有，他们心里只有自己。跟你们说了，走吧。”

终于，商人把他们都赶走了。

商人之所以这么努力，是因为他喜欢管理别人，喜欢赶走别人的感觉，喜欢为所欲为的感觉，最主要的原因还是因为谢尔盖神父有助于他。他是一个鳏夫，有一个独生女，身体有病，还没有出嫁，他奔走了一千四百俄里就是为了带女儿来见谢尔盖神父，很希望谢尔盖神父能够治好女儿的病。这两年，在女儿生病的这段时间，他到处帮她找医生治病，先是在省城大学区的附属医院里，但是没有治好，后来又去了萨马拉省的一个农人那里，稍微减轻了一些，后来又去了莫斯科的一个医生那里，虽然花了很多钱，但是也没什么好转。现在他听说谢尔盖神父能够治好病，就带女儿来了。因此，商人把别人都赶走了的时候，便走到谢尔盖神父面前，二话没说，就给谢尔盖神父跪下了，大声说道：

“神圣的神父，请祝福我生病的女儿吧，请治好她的病吧，我虔诚地拜在您神圣的脚下。”说完就双手相握，拱手当胸。他做的和说的一切，好像都是做一件由法律和习俗明确和硬性规定的事情一样，似乎一定是要这么做，已经没有别的方法能够治愈他的女儿了。他做这件事的时候，非常有信心，让谢尔盖神父都感觉到，似乎这件事只能这么做。不过他还是让他站起来说到底有什么事。商人说，他的女儿是个还没出嫁的二十三岁的闺女，她的母亲得了急病过世了，她也得了病，“哎呀”一声，就像他说的那样，从此就得了精神病。如今他把她千里迢迢带到这里，等待治疗，她现在在客舍里等着了。谢尔盖神父让他把他女儿带来，她白天不宜出门，怕见光，要等到太阳下山才能出门。

“怎么，她身体很弱吗？”谢尔盖神父说。

“不，她的身体倒不是特别弱，还算是壮实的类型，医生说，她只是精神上衰弱而已。谢尔盖神父，如果你现在让她过来，我就马上把她带来。神圣的神父啊，就让我这个当爹的心死而复生吧，不要让我断子绝孙啊，请你为我的女儿祈祷吧，请治好我女儿的病吧。”

商人再一次双膝跪下，歪着脑袋，拱手抱拳，跪了很长时间。谢尔盖神父又让他站起来。他心想自己的工作已经够多了，尽管这样，他还是决定帮帮他。他重重地叹了口气，沉默了一阵，然后说：

“好，晚上带她过来吧，我替她做一下祷告，现在我累了。”他闭上了眼睛，“到时候我派人找您。”

商人轻手轻脚地退了出去，可是皮靴发出的声音却很大，他终于离开了，剩下了谢尔盖神父一个人。

谢尔盖神父平时不是祈祷就是接待客人，但是今天很特别。早上时，一位外地来的高官，他们谈了很久。之后又来了一位美丽的太太，带着她的儿子，儿子是位年轻的教授。儿子不信教，但母亲是位很虔诚的信徒，十分敬仰谢尔盖神父。她把儿子带来了，非要谢尔盖神父跟儿子谈谈，他俩聊得不太投机。年轻人不想和谢尔盖神父争论，对他所说的都表示同意，就好像是顺着一个体弱多病的病人一样。谢尔盖神父看得出来，这个年轻人不信仰上帝，尽管这样，他的生活还是安然自得，自在平静。后来，谢尔盖神父有些不高兴地结束了这场谈话。

“吃点东西吧，神父。”侍者说。

“好，拿点东西来吃吧。”

侍者走进了一间小修道室，这间修道室距离窑洞洞口十步远，又剩下谢尔盖神父一个人了。

谢尔盖神父一个人住着，什么事情都需要自己动手。只用圣饼和面包充饥的日子已经过去了，人们已经向他证明，他不可以忽视自己的健康，他们让他吃素的健康的食物。他的食量很小，但已经比以前多多了，而且经常吃得津津有味，也不像以前那样，一边吃一边觉得厌恶自己和觉得自己有罪。现在也是这样吃的，他喝了点粥，喝了一碗茶，然后又吃了半个白面包。

侍者走了，就剩他一个人坐在榆树下的长凳上。

那是个五月的傍晚，那个傍晚很美，白桦，白杨，榆树，稠李和橡树上的叶子刚刚绽开。榆树后面的一丛丛稠李花开正好，还没凋落。旁边有一只夜莺，另外还有两三只在下面河边的灌木丛里婉转歌唱。很远就可以听到从河那边传来的可能是工人的歌声。太阳落到了森林的后面，透过层层的绿叶，透出万道金光。这一边，是一片新绿，那一片，连着榆树的，则是一片昏暗。甲虫在飞，经常会摔下来，摔到地上。

吃完晚饭后，谢尔盖神父开始默默祈祷："主耶稣基督，上帝的儿子，请饶恕我们吧。"然后他们开始念赞美诗。突然，就在念赞美诗时，一只麻雀不知从哪儿飞了过来，它从树林里飞下来，叫着，跳着，来到他身边，又不知被什么吓了一跳，突然飞走了。他念着祷告，诉说着自己想要脱离尘世的愿望，他想快些念完赞美诗，好让商人快些把他的女儿叫来。她引起了他的兴趣，之所以会让他感兴趣，这也算是一种消遣吧，毕竟她是个新人。再说，她和她父亲都认为他是神的侍者，他的祈祷一定会灵验的。他虽然自己否认这点，但其实在他灵魂深处他也是这么认为的。

他常常会觉得奇怪，事情怎么会发展到现在这样子，他斯捷潘·卡萨茨基居然变成了一名非同寻常的神的侍者，都快变成神医了。他成了神医，这是不争的事实。他不能不相信自己是个奇迹，就从那个衰弱无力的男孩开始，直到最后一个因为他的祈祷而复明的老太太为止。

不管事情发生得多么离奇，但这确实是事实。商人的女儿之所以会让他感兴趣，首先是因为她是个新人，她信任他；其次，他可以再一次证明他治病的能力，进而提高他的声望。他想："人们千里迢迢来到这里，会登上报纸，之后皇上就会知道。欧洲，就算他们不信仰上帝，他们也会知道。"他突然因为自己的虚荣心感到羞愧，于是他开始祷告。"主啊，上天的主宰，安慰者，真理之灵啊，来吧，就进到我们的内心中来吧，请洗涤我们身上的每一处污垢。上帝啊，拯救我们的灵魂，把我满身的尘世虚荣污垢都清洗掉吧。"他又重复祷告了一遍，不知道祷告了多少遍了，但他的祈祷仍然没有什么效果，他的祷告能够为别人带来奇迹，但是却不能让自己摆脱掉这渺小的情欲。

他想起自己刚开始祷告时，那个时候，他希望上帝能够给予他纯洁、谦卑和爱，那时他觉得上帝是可以听到他的祷告的。他是清白的，为此砍断了自己的手指，他向他的断指吻了一下，他那时觉得自己很渺小，很厌恶自己，觉得自己是罪恶深重的。那时他也曾有过仁爱之心，他曾抱着仁爱之心对待那个求他的老头，那个喝醉的来要钱的军人和她。但现在呢？他还爱着什么人吗，他这样问着自己？他爱索菲娅·伊万诺夫娜吗？爱谢拉皮翁神父吗？对所有人都还有一颗博爱之心吗？他爱那个年轻的学者吗？他曾经充满耐心地对待他，可是他所在意的只是显摆自己的聪明，表现出自己很有学问的样子，以免显得落后。他很高兴，因为他们爱他，他确实需要他们的爱，但其实他并不爱他们。现在的他没有爱，没有谦卑，也不再纯洁。

听到商人说自己的女儿只有二十二岁，他很高兴。他很好奇她是否漂亮。他询问她的病情，其实只是想知道她是否具有女性的魅力。

“我这样算不算是堕落了呢?”他想，“主啊，请您帮助我，让我回到原来的样子吧。主啊，我的上帝。”他拱手当胸，开始祷告。夜莺在婉转地歌唱，甲虫飞到他头上，在他的后脑勺上爬着，他把它打落到地上。“上帝究竟是否存在，就好像我在敲一座从外面锁着的房子的门，门上挂着锁，我应该是能看见他的。这锁就是夜莺、甲虫和大自然。也许，那个年轻人是对的。”接着，他开始大声做祷告，祷告了很长时间，直到这些想法消失不见，他才感到平静，重新充满了信心。他摇了摇铃，对走来的侍者说，让商人和他的女儿进来吧。

商人挽着女儿的胳膊，把她带来了。他把她扶进修道室，便立刻走了。

他的女儿一头金发，皮肤白嫩，是个苍白、丰满、矮小的姑娘，有着一张受惊的孩子一样的脸和丰满的体态。谢尔盖神父还坐在门口的长凳上。当那个女孩走出来，在他身旁停下，他替她祝福的时候，他对自己的放肆大吃一惊：他竟然会如此泼辣地打量她的全身。她走过去了，他感到自己好像被蛰了一下似的。从她的面貌可以看出来，她性欲很强，但是不聪明。他站起来，走进修道室。她已经坐在凳子上等着他。

他走进去的时候，她站了起来。

“我要找爸爸。”她说。

“别怕，”他说，“你哪里疼啊?”

“我哪儿都疼。”她说着，忽然笑了一下。

“你的病会好的。”他说，“你祷告吧。”

“祷告什么啊，我祷告过，根本没用。”她一直在笑，“还是您祷告吧，把手放在我身上吧，我曾经梦见过你。”

“怎么梦见的?”

“我梦见您就像这样把手放在我的胸口。”她拿起他的一只手，把它贴在自己胸前，“就按在这儿。”

他把右手递给她。

“你叫什么名字?”他问，全身哆嗦着，他感到自己被征服了，淫欲失去了控制。

“我叫玛利亚，怎么了?”

她拿起他的手，吻了吻，然后伸出一只手搂住了他的腰，紧紧地靠在他身边。

“你要做什么？玛利亚，你是魔鬼。”

“没关系的，不要紧。”她搂着他，和他一起坐在床上。清晨时，他从屋子里出来，走上了台阶。“难道这一切都是真的吗?她父亲来时，她就会把一切都告诉他。她是魔鬼。我怎么办呢?看，那不就是我用来砍断自己指头的斧子吗?”他抓起斧子，向修道室走去。

侍者走过来：“您是要劈柴吗？把斧子给我吧。”他把斧子给了他。他走进修道室，她还在睡。他看着她，觉得很恐惧，他穿上农民的衣服，剪了短发，就走出去了，顺着小道向山脚下的河边走去，他已经四年没去过了。他沿着河边的一条路走着，一直走到吃午饭的时候。他走进黑麦地，在地里躺了下来。傍晚，他来到河边的村子，但是他没进村，只是向河边的悬崖走去。

在离日出还有大概半小时的清晨。一切都是灰蒙蒙的、阴沉沉的，从西边吹来了阵阵寒风。“是啊，应该结束了。没有上帝要怎样结束呢？跳河？我会游泳，所以淹不死。上吊吗？对，可以用腰带，可以挂在树上。”这样好像是可以的，而且很方便，这让他感到一点害怕。他像往常一样，在没有希望的时候就祈祷，但是他要向谁祈祷呢？没有上帝。他用手支着头躺着。他突然觉得困，手支撑不了脑袋了，便伸直了手，头枕在胳膊上，睡着了。但只睡了一会就又醒了，精神有些恍惚，不知是做梦，还是回忆。

他好像看到自己还是个孩子，在乡下的姥姥家。一辆马车从他们面前经过，舅舅尼古拉·谢尔盖耶维奇从马车里出来，他留着黑色的大胡子，还有一个瘦小的姑娘帕申卡跟他一起来，她有一双温柔的大眼睛和一张可怜兮兮有些胆怯的脸。这些男孩必须陪这个帕申卡玩，他们觉得实在没什么意思。她不太聪明，结果大家都笑话她，硬是要她表演怎么游泳，于是她便躺在地板上，表演游泳，把大家逗得哈哈大笑，大家把她当傻瓜。她很害羞，一脸的可怜相，可怜得让大家不再忍心欺负她了，她的笑容是善良的，卑微的，让别人永远都忘不了的。谢尔盖想着之后什么时候见过她。他再次见她时已经是很久以后了，在他成为修士之前。她跟一个地主成了亲，地主把她的全部家产都糟蹋没了，还动手打她。她有两个小孩，一个男孩，一个女孩，儿子在很小的时候就夭折了。

谢尔盖再次遇见她时，她已经很不幸了。后来在修道院见过她一次，已经成了寡妇。她还是以前那样，不能说笨，但是很没有情调，一脸的可怜相。她是带着女儿和女儿的未婚夫一起来的。他们已经没有钱了。后来他听别人说，她现在住在一个小县城里，十分贫穷。“我为什么想到她呢？”他问自己，但又控制不住不想她。“她在哪里？她怎么样了？她还像小时候那样不幸吗？我为什么会想到她呢？我是怎么了？应该结束了。”

他又一次感到恐惧。为了摆脱这个思想，他开始想帕申卡。

他躺了这么久，一会儿想到自己将要结束自己的生命，一会儿又想到帕申卡。他把帕申卡想成自己的救星。他终于睡了，在梦里，他看见一个天使向他走过来，天使对他说："去找帕申卡吧，她会告诉你怎么办，你的罪恶是什么，你怎样才能救自己。"

他醒了，认为这一定是上帝显灵了，很高兴地去做梦里要求他做的事情，于是他就去了帕申卡住的那个城市。

第八章

帕申卡早就不是原来的帕申卡了，现在是个又老又干，满脸褶子的普拉斯科维亚·米哈伊洛夫娜。她已经是个贫穷酗酒的小官吏的丈母娘了。她住在女婿最后被免职的县城里，养着全家：女儿，神经衰弱的女婿，还有五个外孙和外孙女。她靠给别人上音乐课赚钱，每节课赚五十戈比。有时一天四节课，有时五节，每月大概有六十卢布。他们现在靠这个生活，等待救济。普拉斯科维亚·米哈伊洛夫娜把谋职的信寄给认识的熟人，其中也有谢尔盖。但信到的时候，他已经不在了。

一个星期六，普拉斯科维亚·米哈伊洛夫娜正在做葡萄干奶油面包，这种面包以前她爸爸的厨子做的很好。她想让外孙和外孙女在星期日的时候吃得好点。她的女儿玛莎正在照看最小的孩子，年龄大的一个男孩和一个女孩去上学了。女婿夜里没睡，现在刚睡下。普拉斯科维亚·米哈伊洛夫娜昨晚很久没睡着，劝女儿别对丈夫发火。她觉得女婿是弱者，他不会改变，看到妻子对他责备也不知该怎么办。如果看到人与人之间不友好，她就会觉得很不舒服，她很清楚自己无能为力。

在她教卢克利亚怎么和面的时候，六岁的外孙米沙，围着兜兜，迈着罗圈腿，穿着补过补丁的袜子跑进厨房。

"姥姥，一个可怕的老头找你。"卢克利亚看了一眼外面说：

“真的，他是个朝圣的香客，太太。”她擦干自己的瘦胳膊之后，本想到屋里拿五个戈比施舍，但她想到自己没有比十戈比银币更小的钱了，于是决定施舍一点面包。但她突然觉得这样做很小气，脸红了，她一面让卢克利亚切面包，一面去拿了十戈比。“这是对你的惩罚，”她对自己说，“双倍。”

她在布施时，并没觉得自豪，反而有些羞愧，觉得自己给的有点少，而这位朝圣者是这样的英俊。虽然他用基督的名义走了三百俄里，非常憔悴，头发剪短了，戴着农人的帽子，穿着农人的皮靴，即使这样，也依然气质非凡。但是她还没认出他来，有三十多年没见了，不能立刻认出来了。

“请别见怪，大爷，你想吃点什么吗？”他收下钱和面包。她奇怪他为什么还不走，而且老看她。“帕申卡，我是来找你的，让我进去吧。”他恳求她，嘴唇抖动了一下。她抓住自己干瘪的胸脯，张大了嘴，两眼发直，看着他发愣。“不可能，你是谢尔盖神父？”“对，是我。不过不是谢尔盖，也不是神父，而是一个罪恶深重的人，斯捷潘·卡萨茨基，他堕落了，罪恶深重，让他进去吧。”

“这不可能，您太谦卑了，快进来吧。”她伸出手，但他没有握，只是跟着她进去了。但是带他去哪儿呢，本想分他一间小房间，但发现已经让给女儿了，玛莎在哄小孩睡觉呢。

“您坐这儿，我马上回来。”她指着厨房里的一张长凳对谢尔盖说。他立刻坐了下来，然后卸下挎包。“我的上帝，你怎么变得这么谦卑，天啊，怎么突然这样……”谢尔盖没说话，只是笑了笑，把挎包放在脚边。“玛莎，你知道这是谁吗？”接着她便悄悄告诉女儿谢尔盖是什么人。她们把屋子腾了出来。她将他领进了小屋。“您休息一下，别见外，我先出去一下。”“去哪儿？”

“我在教音乐，说来挺不好意思的。”“教音乐，这很好啊，不过我来是找你有事，什么时候能跟你谈谈?”“这是我的福气，晚上行吗?”“行，但请别跟别人说我是什么人，谁都不知道我来了这里。一定要这样。”“啊，可是我已经告诉了女儿。”“那就请她不要说出去。”谢尔盖脱了皮靴，立刻就睡着了。她回来的时候，他在小屋里等着她，他没有出去吃午饭，只是吃了一点卢克利亚送来的汤和稀粥。“你怎么提前回来了，现在能谈谈吗?”“我不知道是怎样的福气才迎来您这样的贵客。我请了假，我之前一直想去看您，没想到幸福突然就这么降临了。”

“帕申卡！我不是圣徒，我是个罪人，一个肮脏丑恶又自命不凡的罪人，我比最坏的人还坏。”帕申卡起先不相信，后来相信了，便伸出手去摸摸他的手，苦笑着说：“斯季瓦，你也太夸大了吧。”“不，我是色鬼，我是凶手，我是渎神者和骗子。”“天啊，这都在说些什么呢。”她说。

“但是我必须活下去，我曾经以为我什么都知道，甚至还去教别人应该怎样生活，现在我请求你教我。”“这怎么能行呢，你这是在取笑我，你们为什么都这么做啊?”“嗯，就算我取笑你吧，不过请你告诉我这些年你是怎么过的。”“我过的是肮脏难忍的生活，所以上帝惩罚我，我生活得很不好。”

“你是怎样嫁出去的？跟你丈夫过得怎么样?”

“都不好。我爱上了一个人，很丢人。爸爸不赞成，但我不顾一切嫁给了他，原本我应该好好帮助他，可是我却净用嫉妒折磨他，我无法控制。”“听说他爱喝酒。”“是啊，我不会安慰他，反而总是责备他。这是一种病，他只是控制不了。我现在还经常想起我们吵得很凶的情景。”

她那美丽而忧愁的眼睛望着卡萨茨基。他想起以前听别人说过，她的丈夫经常打她。现在，望着她干瘪的脖子，耳后青筋毕露，头上有稀疏的白发，似乎看到了以前的场景。“后来就剩下了我一个人，带着两个孩子，没有任何财产。”“您不是还有一座庄园吗?”“丈夫在世的时候，就卖了，都花光了。我必须活下去，可是我什么都不会，我们这些小姐都一样，但我尤其不行，直到我花光了最后一文钱，一点办法都没有了。我教小孩的时候，也学了一些。可是那时候米佳病了，夭折了，玛莎爱上了万尼亚。怎么说呢，他是个好人，只是命不好。他有病。”

“妈，把米沙抱走吧，总不能把我劈成两半吧。”女儿说。她哆嗦了一下，站起来，快步走出房门，不久就抱着一个两岁的男孩回来了，小孩身子后仰，小手抓着她的头巾。“对，我是讲到哪儿了，他本来有个挺好的工作，但后来辞职了。”“他得了什么病啊?”“神经衰弱，很可怕。我们觉得应该去疗养，但是我们没钱，总盼望着过一阵会好，他倒没有什么特别不舒服的地方，不过……”

“卢克利亚!”听到他生气又衰弱的声音，“用得着她的时候又找不到她了，妈!”“来了，”她又停下了，“他还没吃饭，但他不能和我们一起吃。”她走了出去，安排了些事情，又回来，揩试着晒黑的瘦瘦的手。“我就是这样生活的。总是发牢骚和对生活不满，可是，谢谢上帝，孩子们都很健康都很好，日子还算不错，我又有什么好说的呢。”“那么，您靠什么生活呢?”“我多少能挣些，过去因为音乐苦恼，现在还得靠它生活。”

她把她的瘦小的手放在身边的小衣柜上，好像弹练习曲一样弹着。“您教课能挣多少钱?”“有的给一个卢布，有的五十戈比，也有三十戈比。都对我很好。”“怎么样，有成绩吗?”他带着笑意问她。她疑惑地看着他，一开始并不相信他是认真的。“成绩是有的。有个很好的小姑娘，爸爸是卖肉的，很善良的小女孩。如果我出身高贵，凭着爸爸的关系，也能够给姑爷找个好工作。可是我什么也不行，才把大家弄成这样。”“是啊。”他说，低着头，“那么帕申卡，您怎么参加宗教活动啊？”他接着问。

“啊，别提了，我实在没有时间，我有时和孩子们斋戒祈祷，也经常去教堂，但有时好几个月都不去，就让孩子们去。”“您为什么不去呢？”“实话实说，我穿得破破烂烂的，怪难为情的，也没新衣服，反正我懒嘛。”“那么，您在家祷告吗？”“祷告，但也不算什么祷告，只是随口念念，我也知道这样不好，没有真正的感情，我只知道自己糟透了。”

“对，是这样的。”他表示赞同。“来了，来了。”她答应着女婿的叫声，理了理头发，走出了房间。这次，她离开了很长时间，回来时，卡萨茨基还是那样坐着，两肘支在膝盖上，低下了头，但是他的挎包已经背上了。她拿着一盏没有灯罩的白铁灯走了进来，抬起那美丽而疲惫的双眼望着他，叹了口气：“我并没有说出您是谁，”她害怕地说，“我只是说你是一位我认识的高贵的朝圣的香客。咱们吃饭去吧，喝些茶。”“不了。”“那我给您拿过来吧。”“不，我什么都不想要，上帝保佑你，我走了。如果您觉得我可怜，就请不要把我来过这件事说出去，谢谢你。我真想拜在你的脚下，但我知道这样会让你不舒服。谢谢您，请您看在上帝的份上饶恕我吧。”

“祝福我吧。”

“上帝会祝福的。看在上帝的份上原谅我。”

他想走，但她不让，她拿来些面包、面包圈和奶油。他都收下了，走了出去。天黑了，他还没走多远，她就看不到了，不过根据司祭家的狗不停的叫声，她知道他在向前走。“我的梦原来是这个，帕申卡做到了我没做到的。我从前为人们活着，却以上帝为借口；她活着为了上帝，却以为她活着为了别人。是的，做好事不求回报比我的造福更加的可贵。但是我也曾真心为上帝服务过。”他自言自语，“这一切都被人世的虚荣玷污遮盖了。是的，对于像我一样活着的人，对于人世的虚荣，上帝是不存在的。但是，我要去找他。”

于是他接着向前走，就像之前找帕申卡一样，从一个村子走到另一个村子，一起朝圣的男女香客们遇见又分开，靠着基督的名义能讨到一点面包，找到晚上住的地方。有时也有泼妇骂他，喝醉的农民辱骂他，但是大部分人都给他吃的，分他喝的，甚至还给他一些东西路上吃用。他的外表也为他加了分，有时正好相反，人们看到一个仪表堂堂的人落难，好像很高兴，但他的温顺也征服了所有人。

他找到一本《福音书》，常常念它，不论何时何地，大家听了都会感动，很奇怪的是，他们听他念，就好像是在听一个新的但是又很熟悉的东西。如果他能为别人做一点事，比如出个主意，读点东西，写点东西，或者解决一些问题，他也不会听到他们的表扬，因为他走了。渐渐地，上帝在他的心中出现了。

有一天，他跟两个老太太和一个士兵走在路上。路上有一辆套着快马的轻便马车，上面坐着一位老爷和太太，还有一男一女骑着马，叫住了他们。太太的丈夫和女儿骑马，马车里是太太和一位来旅行的法国人。他们大概是想让法国人知道朝圣者。这是俄国人才有的迷信，不工作，只是从一个地方跑到另一个地方，四处流浪。

他们说法语，以为这些人听不懂。

“你问问他们，他们是否坚信他们朝圣是上帝的意愿？”

他们问了，老太婆们回答："全凭上帝怎么想，我们的脚到了，心能不能到呢?"又问了士兵。他说，因为他无处可去。他们又问卡萨茨基是什么人。

"上帝的奴仆。"

"他说什么，他并没有回答。"

"他说他是上帝的奴仆。"

"也许，这是一个教士的儿子，看得出来是好人家出身。您有零钱吗?"

法国人有零钱，他给大家每人二十戈比。

"不过请您告诉他们，我不是给他们买蜡烛的，是让他们美美地喝点茶的。"他说，轻轻地拍了拍卡萨茨基的肩膀："基督保佑你们。"他回答了一句，没有戴上帽子，鞠了一躬。

这次让卡萨茨基特别高兴，因为他出于蔑视世俗之见，做了一件很平常也很容易的事，谦卑地收下二十戈比，然后送给了瞎眼的乞丐。世俗之见的意义越小，他就越强烈地感到上帝。

到第九个月时，卡萨茨基在省城的一家收容所被拘留了，由于他没有身份证，被抓进了警察署。警察问他证件在哪儿，是什么人。他回答说，他没有证件，是上帝的奴仆。他被认为是流浪汉，判了刑，流放到了西伯利亚。他在那里的一家富有的农民的垦地上住下来，现在还在那里。他在农民家的菜园里工作，还教人读书和照顾病人。